NEW WCDP
新文京開發出版股份有限公司
新世紀．新視野．新文京－精選教科書．考試用書．專業參考書

New Wun Ching Developmental Publishing Co., Ltd.

New Age · New Choice · The Best Selected Educational Publications — NEW WCDP

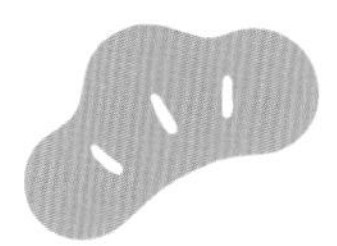

第8版

日本語大丈夫

蔡愛芬　蔡愛玲　蘇克保　高琦智　編著

- 由**實用會話**導入，輔以**簡潔易懂**之句型來反覆的練習
- 透過**深入淺出的架構**，讓學習者精準掌握語感，達到朗朗上口之效

- 每課的**文化教室單元**，讓學習者更加了解日本文化

免費下載
朗讀MP3

第八版序

本書之課程設計係以高中大專院校第二外語學習者為主要對象。目前大專院校第二外語課程時數多為 2 至 4 小時，一學年的總授課時數最長約為 100 小時，最短者僅約 60 多小時，與一般設定學習初級日語之 300 小時仍有差距。編者期望以本書做為有效有趣且有益之日語教材，引導對日語有興趣的學習者一窺日語殿堂，達到寓教於樂與教學相長日語之目的。在本書修訂的過程中，編者們也感慨時代潮流的轉變，一些曾經是人所皆知的單字，曾幾何時已經成了不再使用的「死語」，在這次的再版中，我們也針對這些單字做了修正。

本書編纂方式以簡單易學的實用會話建立學習的信心，輔以易懂易學的句型與練習，以期讓學習者透過課堂中講師引導與課後簡易複習的模式達到加深印象熟練運用的效果。一般日語學習者多對日本文化有較高的興趣，因此於每課規劃軟性的文化教室介紹，以期讓學習者不但可以自如地運用日語會話，並可深入地了解日本的風土民情。

感謝故友許尚健先生運用豐富想像力與巧妙畫風完成課文的插圖，為本書增色不少。編寫過程雖力求嚴謹且再三審閱，然編者才疏學淺，難免疏漏，望日語教育界先進不吝賜教指點，以求改進。

編者　謹識

編者簡介

蘇克保

私立東吳大學日本語文學系畢業。日本國立大阪大學文學研究科日本學專攻，日本語教育學碩士。東吳大學文學博士。

曾任：銘傳大學、實踐大學、德明財經科技大學講師。

現任：東吳大學副教授兼任系主任，台灣日語教育學會理事。

高琦智

私立東吳大學日本語文學系畢業。日本國立大阪大學文學研究科日本學專攻，日本文化學碩士。

曾任：實踐大學講師。

現任：現任職於台灣松下電腦股份有限公司。

蔡愛芬

私立東吳大學日本語文學系畢業，日本國立筑波大學地域研究科日本近代文學專攻碩士。

曾任：銘傳大學兼任講師。

現任：德明財經科技大學專任講師。

蔡愛玲

私立東吳大學日本語文學系畢業。日本國立筑波大學教育研究科學校教育專攻碩士。

現任：德明財經科技大學專任講師。

安 あ	加 か	左 さ	太 た	奈 な	波 は	末 ま	也 や	良 ら	和 わ
阿 ア	加 カ	散 サ	多 タ	奈 ナ	八 ハ	末 マ	也 ヤ	良 ラ	和 ワ
以 い	幾 き	之 し	知 ち	仁 に	比 ひ	美 み		利 り	為 ゐ
伊 イ	幾 キ	之 シ	千 チ	仁 ニ	比 ヒ	三 ミ		利 リ	井 ヰ
宇 う	久 く	寸 す	川 つ	奴 ぬ	不 ふ	武 む	由 ゆ	留 る	
宇 ウ	久 ク	須 ス	川 ツ	奴 ヌ	不 フ	牟 ム	由 ユ	流 ル	
衣 え	計 け	世 せ	天 て	祢 ね	部 へ	女 め		礼 れ	恵 ゑ
江 エ	介 ケ	世 セ	天 テ	祢 ネ	部 ヘ	女 メ		礼 レ	慧 ヱ
於 お	己 こ	曽 そ	止 と	乃 の	保 ほ	毛 も	与 よ	呂 ろ	遠 を
於 オ	己 コ	曽 ソ	止 ト	乃 ノ	保 ホ	毛 モ	与 ヨ	呂 ロ	乎 ヲ

1 清音

a	あ	i	い	u	う	e	え	o	お
ka	か	ki	き	ku	く	ke	け	ko	こ
sa	さ	shi	し	su	す	se	せ	so	そ
ta	た	chi	ち	tsu	つ	te	て	to	と
na	な	ni	に	nu	ぬ	ne	ね	no	の
ha	は	hi	ひ	fu	ふ	he	へ	ho	ほ
ma	ま	mi	み	mu	む	me	め	mo	も
ya	や			yu	ゆ			yo	よ
ra	ら	ri	り	ru	る	re	れ	ro	ろ
wa	わ							o	を
n	ん								

2 濁音・半濁音

ga	が	gi	ぎ	gu	ぐ	ge	げ	go	ご
za	ざ	ji	じ	zu	ず	ze	ぜ	zo	ぞ
da	だ	ji	ぢ	zu	づ	de	で	do	ど
ba	ば	bi	び	bu	ぶ	be	べ	bo	ぼ
pa	ぱ	pi	ぴ	pu	ぷ	pe	ぺ	po	ぽ

❸ 拗音

kya	きゃ	kyu	きゅ	kyo	きょ
sha	しゃ	shu	しゅ	sho	しょ
cha	ちゃ	chu	ちゅ	cho	ちょ
nya	にゃ	nyu	にゅ	nyo	にょ
hya	ひゃ	hyu	ひゅ	hyo	ひょ
mya	みゃ	myu	みゅ	myo	みょ
rya	りゃ	ryu	りゅ	ruo	りょ

gya	ぎゃ	gyu	ぎゅ	gyo	ぎょ
ja	じゃ	ju	じゅ	jo	じょ
ja	ぢゃ	ju	ぢゅ	jo	ぢょ
bya	びゃ	byu	びゅ	byo	びょ
pya	ぴゃ	pyu	ぴゅ	pyo	ぴょ

平仮名筆順圖

あ	い	う	え	お
か	き	く	け	こ
さ	し	す	せ	そ
た	ち	つ	て	と
な	に	ぬ	ね	の
は	ひ	ふ	へ	ほ

ま	み	む	め	も
や		ゆ		よ
ら	り	る	れ	ろ
わ				を
ん				

1 清音

a	ア	i	イ	u	ウ	e	エ	o	オ
ka	カ	ki	キ	ku	ク	ke	ケ	ko	コ
sa	サ	shi	シ	su	ス	se	セ	so	ソ
ta	タ	chi	チ	tsu	ツ	te	テ	to	ト
na	ナ	ni	ニ	nu	ヌ	ne	ネ	no	ノ
ha	ハ	hi	ヒ	fu	フ	he	ヘ	ho	ホ
ma	マ	mi	ミ	mu	ム	me	メ	mo	モ
ya	ヤ			yu	ユ			yo	ヨ
ra	ラ	ri	リ	ru	ル	re	レ	ro	ロ
wa	ワ							o	ヲ
n	ン								

2 濁音・半濁音

ga	ガ	gi	ギ	gu	グ	ge	ゲ	go	ゴ
za	ザ	ji	ジ	zu	ズ	ze	ゼ	zo	ゾ
da	ダ	ji	ヂ	zu	ヅ	de	デ	do	ド
ba	バ	bi	ビ	bu	ブ	be	ベ	bo	ボ
pa	パ	pi	ピ	pu	プ	pe	ペ	po	ポ

3 拗音

kya	キャ	kyu	キュ	kyo	キョ
sha	シャ	shu	シュ	sho	ショ
cha	チャ	chu	チュ	cho	チョ
nya	ニャ	nyu	ニュ	nyo	ニョ
hya	ヒャ	hyu	ヒュ	hyo	ヒョ
mya	ミャ	myu	ミュ	myo	ミョ
rya	リャ	ryu	リュ	ruo	リョ

gya	ギャ	gyu	ギュ	gyo	ギョ
ja	ジャ	ju	ジュ	jo	ジョ
ja	ヂャ	ju	ヂュ	jo	ヂョ
bya	ビャ	byu	ビュ	byo	ビョ
pya	ピャ	pyu	ピュ	pyo	ピョ

片仮名筆順圖

ア	イ	ウ	エ	オ
カ	キ	ク	ケ	コ
サ	シ	ス	セ	ソ
タ	チ	ツ	テ	ト
ナ	ニ	ヌ	ネ	ノ
ハ	ヒ	フ	ヘ	ホ

マ ミ ム メ モ
ヤ ユ ヨ
ラ リ ル レ ロ
ワ ヲ
ン

常用招呼用語

1. おはようございます。
   早安。

2. こんにちは。
   您好，午安。（白天見面時使用）

3. こんばんは。
   您好，晚安。（晚上見面時使用）

4. さようなら。
   再見。

5. お休(やす)みなさい。
   晚安。（晚上道別時使用）

6. a：お元気(げんき)ですか。
   您好嗎？
   b：お蔭様(かげさま)で、元気(げんき)です。
   託您的福，我很好。

7. a：どうも　ありがとう　ございます。
   非常感謝。
   b：いいえ、どういたしまして。
   不客氣。

8. a：どうぞ　お入(はい)りください。
   請進。
   b：お邪魔(じゃま)します。（失礼(しつれい)します。）
   打擾了。

9. a：お先(さき)に　失礼(しつれい)します。
   抱歉，我先走一步。
   b：どうぞ　お先(さき)に。
   別客氣，您先請。

10. ちょっと　待(ま)ってください。
    請稍等。

11. いただきます。
    我要開動了。（吃東西前使用）

12. ごちそうさまでした。
    多謝豐盛款待。（吃完東西時使用）

13. a：行(い)ってまいります。（or 行(い)ってきます）
    我要走了。（出門時使用）
    b：行(い)って（い）らっしゃい。
    慢走。路上小心。（家人離開家時使用）

14. a：ただいま。
    我回來了。
    b：お帰(かえ)りなさい。
    歡迎回來。

15. はじめまして、どうぞよろしく。
    初次見面，請多指教。

16. お願(ねが)いします。
    拜託，麻煩你。

17. お疲(つか)れさまでした。
    辛苦了。

18. 頑張(がんば)ってください。
    加油！

下載全書
朗讀 MP3

五十音

詞彙

[清音]

1 あき　秋

0 いす　椅子

0 うし　牛

1 えき　駅

2 おかし　お菓子

1 かさ　傘

2 きく　菊

2 くし　櫛

1 けさ　今朝

1 こい　鯉

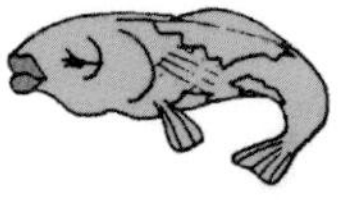

0 さけ　酒

2 しお　塩

1 すし　寿司

1 せかい　世界

0 そこ

0 たき　滝

2 ちち　父

2 つき　月

1 て　手

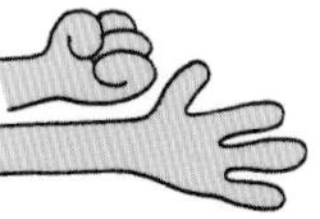

0 とけい　時計

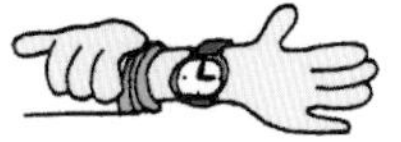

2 なつ　夏

2 にく　肉

0 ぬの　布

1 ねこ　猫

3 のみもの　飲み物

1 はし　箸

0 ひと　人

1 ふね　船

2 へた　下手

0 ほし　星

0 まる　丸

3 みそしる　味噌汁

0 むし　虫

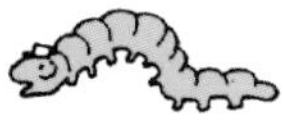

1 め　目

0 もも　桃

2 やま　山

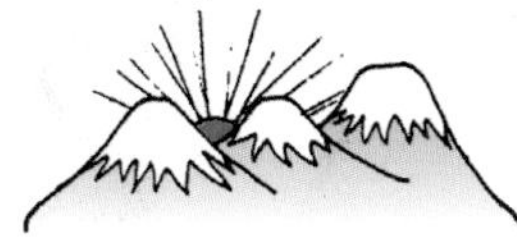

2 ゆき　雪

1 よる　夜

0 らいねん　来年

1 りきし　力士

1 るす　留守

0 れきし　歴史

0 ろくおん　録音

0 わたし　私

1 ほん　本

[濁音]

0 がくせい 学生
0 ぎんこう 銀行
0 ぐんじん 軍人
1 げんき 元気
2 ごみ
2 ざぶとん 座布団
0 じしん 地震
0 ずつう 頭痛
0 ぜんいん 全員
1 ぞう 象
0 だいがく 大学
0 でんわ 電話
0 どんぶり 丼
0 ばら 薔薇
1 びじん 美人
0 ぶた 豚
3 べんとう 弁当
0 ぼうし 帽子

[半濁音]※(　)中為羅馬字

1 パン (pan)
1 ピンポン (pinpon)
1 プール (puuru)
1 ペン (pen)
1 ポテト (poteto)

[拗音]

0 きゃくま 客間
1 きゅうり 胡瓜
1 きょうと 京都
0 しゃしん 写真
1 しゅふ 主婦
0 しょうゆ 醤油
0 ちゃわん 茶碗
0 ちゅうしゃ 注射
0 ちょうしょく 朝食
1 にゃあにゃあ
0 にゅうがく 入学
1 にょうぼう 女房
0 ひゃくえん 百円
1 ヒューズ (hyuuzu)
3 ひょうし 表紙
2 みゃく 脈
1 ミュージック (myuujikku)
1 みょうじ 名字
0 じゃま 邪魔
1 じゅぎょう 授業
3 じょうず 上手
0 ぎゃく 逆
0 ぎゅうにゅう 牛乳
0 ぎょうざ 餃子
1 さんびゃく 三百
1 ビューティー (byuuti)

0 びょういん 病院
0 りゃく 略
0 りゅうがく 留学
1 りょうり 料理
4 はっぴゃく 八百
1 ぴゅうぴゅう (pyuupyuu)
0 かんぴょう 干瓢

[長音]

2 おかあさん お母さん
2 おにいさん お兄さん
3 せんせい 先生
2 おねえさん お姉さん
2 おとうさん お父さん
3 おおきい 大きい

[長音和短音的對比]

2 おばあさん
0 おばさん
2 おじいさん
0 おじさん
0 こうこう 高校
0 ここ
1 せいと 生徒
1 せと 瀬戸

[促音]

1 いっきゅうさん 一休さん
4 いっしょけんめい 一所懸命
0 おっと 夫
0 かっぱ 河童
0 きっさてん 喫茶店
0 きっぷ 切符
0 きって 切手
0 けっこん 結婚
0 けってい 決定
0 せっけん 石鹸
0 てっぽう 鉄砲

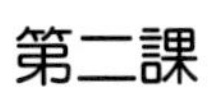

第二課 2

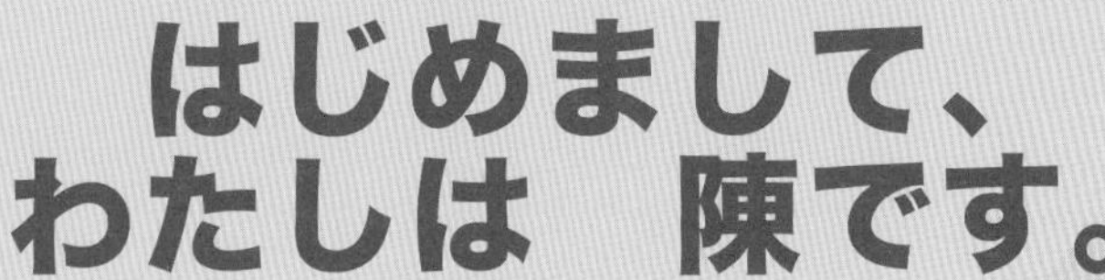

はじめまして、わたしは　陳です。

詞彙

0 わたし	〈私〉	[代名詞]	我
2 あなた		[代名詞]	你
2 あのひと	あの人	[代名詞]	那個人，他
1 だれ	誰	[代名詞]	誰
3 せんせい	先生	[名詞]	老師
0 がくせい	学生	[名詞]	學生
3 かいしゃいん	会社員	[名詞]	公司職員
3 こうむいん	公務員	[名詞]	公務員
0 せんもん	専門	[名詞]	專攻，主修
3 けいざいがく	経済学	[名詞]	經濟學
3 けいえいがく	経営学	[名詞]	企業管理（學）
1 さとう	佐藤	[專有名詞]	佐藤（姓）
0 すずき	鈴木	[專有名詞]	鈴木（姓）
0 ほんだ	本田	[專有名詞]	本田（姓）
1 りん	林	[專有名詞]	林（姓）
1 ちん	陳	[專有名詞]	陳（姓）
1 り	李	[專有名詞]	李（姓）
3 たいわん	台湾	[專有名詞]	台灣
2 にほん	日本	[專有名詞]	日本

1 ちゅうごく	中国	[専有名詞]	中國
1 かんこく	韓国	[専有名詞]	韓國
5 たいぺいだいがく	台北大学	[専有名詞]	台北大學
1 はい		[感嘆詞]	是，是的 （應聲或用於回答）
3 いいえ		[感嘆詞]	不，不是 （用於回答）
1 そう		[副詞]	那樣
4 はじめまして		[寒暄語]	初次見面
1－0 どうぞ　よろしく		[寒暄語]	請多指教
4 こちらこそ		[寒暄語]	彼此彼此
さん		[接尾詞]	先生（小姐，同學）
～じん	～人	[接尾詞]	～人

（初次見面）

陳（ちん）　：はじめまして。わたしは　陳（ちん）です。どうぞ　よろしく。

鈴木（すずき）：鈴木（すずき）です。こちらこそ、どうぞ　よろしく。

會話 II

林(りん)　：はじめまして。台湾(たいわん)の　林(りん)です。どうぞ　よろしく。

佐藤(さとう)　：はじめまして。日本(にほん)の　佐藤(さとう)です。どうぞ　よろしく。

林　：佐藤(さとう)さんは　会社員(かいしゃいん)ですか。

佐藤　：はい、ＴＫＳ(ティーケーエス)の　会社員(かいしゃいん)です。
林(りん)さんも　会社員(かいしゃいん)ですか。

林　：いいえ、わたしは　会社員(かいしゃいん)じゃ　ありません。台北大学(たいぺいだいがく)の学生(がくせい)です。

佐藤　：ご専門(せんもん)は？

林　：経営学(けいえいがく)です。

1. わたしは　本田(ほんだ)です。
2. 林(りん)さんは　会社員(かいしゃいん)では　ありません。（林(りん)さんは　会社員(かいしゃいん)じゃ　ありません。）
3. 李(り)さんは　韓国人(かんこくじん)ですか。
4. あの人(ひと)も　先生(せんせい)です。
5. わたしは　中国(ちゅうごく)の　陳(ちん)です。

練習

1. わたしは　林(りん)／鈴木(すずき)／学生(がくせい)／会社員(かいしゃいん)　です。

2. 陳(ちん)さんは　先生(せんせい)／日本人(にほんじん)／公務員(こうむいん)／韓国人(かんこくじん)　では　ありません。（じゃ　ありません。）

3. 例　A：あの人(ひと)は　台湾人(たいわんじん)ですか。
　B：はい、（あの人は）台湾人です。（はい、そうです。）

(1) 陳(ちん)さん・中国人(ちゅうごくじん)
(2) あなた・学生(がくせい)
(3) 佐藤(さとう)さん・会社員(かいしゃいん)
(4) 本田(ほんだ)さん・日本人(にほんじん)

4. 例　A：あの人(ひと)は　台湾人(たいわんじん)ですか。
　B：いいえ、（あの人(ひと)は）台湾人(たいわんじん)ではありません。韓国人(かんこくじん)です。
　（いいえ、そうではありません。）

(1) 陳(ちん)さん・日本人(にほんじん)・中国人(ちゅうごくじん)
(2) あなた・先生(せんせい)・学生(がくせい)
(3) 佐藤(さとう)さん・公務員(こうむいん)・会社員(かいしゃいん)
(4) 本田(ほんだ)さん・韓国人(かんこくじん)・日本人(にほんじん)

5. わたしも 学生（がくせい）／会社員（かいしゃいん）／台湾人（たいわんじん）／日本人（にほんじん） です。

6. 例 A：あの人（ひと）は誰（だれ）ですか。
B：台湾大学（たいわんだいがく）の 林（りん）さんです。

(1) TKS（ティーケーエス）・佐藤（さとう）さん
(2) 台北大学（たいぺいだいがく）・本田先生（ほんだせんせい）
(3) 中国（ちゅうごく）・陳（ちん）さん
(4) 台湾（たいわん）・李（り）さん

習題

1. 填空

はじめまして。わたしは＿＿＿＿の＿＿＿＿＿です。
（國名） （姓或姓名）

＿＿＿＿＿の＿＿＿＿＿です。
（學校或公司） （學生或職稱）

専門は＿＿＿＿＿です。

どうぞ よろしく。

2. 用適當的平假名填空

(1) 佐藤さん（　　）日本人です。

(2) 陳さんは会社員です（　　）。

はい、（　　）（　　）です。

(3) 鈴木さんは台湾大学（　　）先生です。

(4) 李さんは公務員（　　）（　　）ありません。

3. 請完成下列各句

(1) A：林さんは＿＿＿＿＿ですか。

B：はい、台湾人です。

(2) A：あの人は＿＿＿＿＿ですか。

B：日本の本田さんです。

(3) A：佐藤さんは＿＿＿＿ですか。

B：いいえ、中国人ではありません。

4. 翻譯

(1) 我姓陳，初次見面，請多指教。

(2) 佐藤先生不是中國人，是日本人。

(3) 本田小姐是台北大學的日語老師。

文法說明

ア．AはBです。

中文意思為「A是B」。助詞「は」用來提示主題，唸做「wa」。「です」用在句末，表示斷定，其中文之意為「是」。

例：わたしは学生です。（我是學生。）

本田さんは会社員です。（本田先生是公司職員。）

イ．AはBではありません。

中文意思為「A不是B」。「です」之否定形為「ではありません」。口語時為「じゃありません」。日文的肯定與否定均在語尾表示。

例：わたしは先生ではありません。（我不是老師。）

陳さんは韓国人ではありません。（陳同學不是韓國人。）

ウ．AはBですか。

中文意思為「A是B嗎？」。終助詞「か」在句尾表示疑問的意思，相當於中文的語氣助詞「嗎」，特別注意此時「か」的音調升高。此外，通常日文的疑問句其標點符號為「。」，並不一定像中文標「？」。

例：あの人は学生ですか。（他是學生嗎？）

佐藤さんは会社員ですか。（佐藤先生是公司職員嗎？）

エ．CもBです。

此句型用在有「AはBです」為前提的狀況下，表示C和A一樣都是B，中文為「C也是B」。助詞「も」的中文意思為「也是」。

例：陳さんは先生です。林さんも先生です。

（陳先生是老師，林先生也是老師。）

オ．A は [B の C] です。or[A の B] は C です。

助詞「の」用來連接名詞和名詞，這時表示兩個名詞的所有 · 所屬關係。「の」的中文意思為「的」。

例：わたしは台湾の李です。（我是台灣來的，敝姓李。）

わたしの先生は日本人です。（我的老師是日本人。）

七五三（七五三）

每年 11 月 15 日這一天，凡是家裡有正值三歲或五歲的男孩子，三歲或七歲的女孩子，父母便會帶去神社參拜，祈求小孩長得活潑健康、永遠幸福。這時通常會讓男孩子穿上日本傳統的和服（袴），女孩子則穿上和服（着物），打扮得十分可愛。當然父母親也會穿得十分正式，父親通常會西裝筆挺，母親則是穿著和服或套裝，通常參拜後會一起在神社拍照留念。神社還販賣千歲飴（千歳飴），裡面是紅白相間的棒棒糖，表示能得到一千年的幸福。

1966 年，日本政府為了鼓勵日本國民穿和服，還把「七五三」這天訂為「和服日」（着物の日）。

七五三時盛裝打扮的日本小孩。

memo

第三課

3

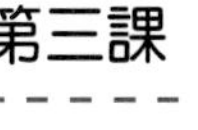

これは　本です。

詞彙

0 これ		[代名詞]	這，這個
0 それ		[代名詞]	那，那個
0 あれ		[代名詞]	那，那個
1 どれ		[代名詞]	哪個
0 この～		[連體詞]	這（個）～
0 その～		[連體詞]	那（個）～
0 あの～		[連體詞]	那（個）～
1 ほん	本	[名詞]	書
1 じしょ	辞書	[名詞]	辭典
0 ざっし	雑誌	[名詞]	雜誌
0 しんぶん	新聞	[名詞]	報紙
1 ノート		[名詞]	筆記本
3 しゅうせいえき	修正液	[名詞]	修正液
0 ボールペン		[名詞]	原子筆
0 えんぴつ	鉛筆	[名詞]	鉛筆
0 けしゴム	消しゴム	[名詞]	橡皮擦
0 プリント		[名詞]	講義
0 かばん	< 鞄 >	[名詞]	皮包，手提袋
1 めがね	< 眼鏡 >	[名詞]	眼鏡

0 とけい	時計	[名詞]	時鐘，手錶
0 さいふ	財布	[名詞]	錢包
1 なん	何	[代名詞]	什麼
0 えいご	英語	[名詞]	英語
0 ちゅうごくご	中国語	[名詞]	中文
1 おう	王	[専有名詞]	王（姓）
1 さい	蔡	[専有名詞]	蔡（姓）
1 ちょう	張	[専有名詞]	張（姓）
0 たなか	田中	[専有名詞]	田中（姓）
0 きむら	木村	[専有名詞]	木村（姓）
0 こばやし	小林	[専有名詞]	小林（姓）
4 すみません		[寒暄語]	對不起，請問，謝謝
～ご	～語	[名詞]	～話

蔡（さい）　：これは　ボールペンですか。

木村（きむら）：いいえ、ボールペンじゃ　ありません。
　　修正液（しゅうせいえき）です。

蔡　：それは　何（なん）ですか。

木村：これですか。これは　めがねです。

會話 II

小林（こばやし）：すみません。この　新聞（しんぶん）は　誰（だれ）のですか。

王（おう）：鈴木（すずき）さんのです。

小林：日本語（にほんご）の　新聞（しんぶん）ですか。

王：はい、そうです。

小林：その　雑誌（ざっし）も　鈴木（すずき）さんのですか。

王：いいえ、鈴木（すずき）さんのじゃ　ありません。
田中（たなか）さんのです。

小林：日本語（にほんご）の　雑誌（ざっし）ですか。

王：いいえ、中国語（ちゅうごくご）の　雑誌（ざっし）です。

1. これは　本です。
2. それは　かばんでは　ありません。
3. これは　日本語の　雑誌です。
4. この　時計は　蔡さんのです。

1. | これ
それ
あれ | は　かばんです。

2. 例 A：これは　何ですか。
   B：それは　雑誌です。

   (1) ノート
   (2) 修正液
   (3) プリント
   (4) 時計

3. それは | ボールペン
めがね
消しゴム
財布 | では　ありません。

4. 例 A：この　かばんは　誰の（かばん）ですか。
   B：林さんの（かばん）です。

(1) この　時計（とけい）・本田（ほんだ）さん
(2) この　鉛筆（えんぴつ）・佐藤（さとう）さん
(3) その　めがね・王（おう）さん
(4) その　本（ほん）・先生（せんせい）

5. 例 A：これは　何（なん）の　雑誌（ざっし）ですか。
B：日本語（にほんご）の　雑誌（ざっし）です。

(1) 新聞（しんぶん）・英語（えいご）
(2) 辞書（じしょ）・中国語（ちゅうごくご）
(3) 雑誌（ざっし）・時計（とけい）
(4) 本（ほん）・経営学（けいえいがく）

1. 選擇

(1) これは林さん (a. か b. の) かばんです。

(2) それは (a. なん b. だれ) ですか。

(3) これは (a. だれの b. だれ) ですか。

(4) (a. その b. それ) 本は林さんのです。

2. 重組

例：（ほん／です／は／これ）

→これはほんです。

(1)（の／とけい／これ／せんせい／は／です）

(2)（この／の／たなかさん／は／じしょ／か／です）

(3)（では／それ／ざっし／は／ありません）

(4)（えいご／これ／の／しんぶん／は／です）

3. 填入適當的代名詞

(1) A：__________は本ですか。

B：はい、__________は本です。

(2) A：__________は鉛筆ですか。

B：はい、__________は鉛筆です。

(3) A：＿＿＿＿＿は時計ですか。

B：いいえ、＿＿＿＿＿は時計ではありません。

(4) A：＿＿＿＿＿はめがねですか。

B：はい、＿＿＿＿＿はめがねです。

文法説明

ア．本課句型與第二課相同，均為「A は B です」，A 在本課中為指示代名詞（これ、それ、あれ）。

「これ」使用在指示距離說話者較近的事物時。

「それ」使用在指示距離聽話者較近的事物時。

「あれ」使用在指示距離聽話者、說話者較遠的事物時。

例：これは本です。

それはかばんではありません。

A：それは何ですか。

B：これは本です。

A：あれは何ですか。

B：あれはかばんです。

イ.「この」、「その」、「あの」之距離觀念與「これ」、「それ」、「あれ」相同，但是「これ」、「それ」、「あれ」為代名詞（可獨立使用），「この」、「その」、「あの」為連體詞（須接名詞使用），其與「これ」、「それ」、「あれ」之最大差別在於「この」、「その」、「あの」之後可修飾名詞。

例：（○）これは本です。

（×）このは本です。

（○）この本は林さんのです。

（×）このは林さんのです。

相撲（相撲）

在日本的運動中，應該以相撲的歷史最為悠久，與棒球可稱得上為最受歡迎的運動。一年舉行六場（場所），每個場所各為十五天，力士（力士）在這長達十五天的比賽期間，位於比賽場地的土俵（土俵）上，每天與不一樣的對手一較長短，獲得最多勝利者即為優勝（優勝）。據説至少身高得有173公分、體重75公斤以上才可能成為力士。經過了嚴格的訓練，力士繫著顏色亮麗的腰帶（まわし），登上土俵，依照慣例將象徵避邪的鹽撒在土俵上，誰能先將對方推倒或推出土俵之外便算是獲勝。力士以成績來分為橫綱（横綱）、大關（大関）、關脇（関脇）、小結（小結）、前頭（前頭）、十兩（十両）等六個等級。

memo

第四課 4

ここは　レストランです。

詞彙

0 ここ		[代名詞]	這裡
0 そこ		[代名詞]	那裡
0 あそこ		[代名詞]	那裡
1 どこ		[代名詞]	哪裡
0 こちら		[代名詞]	這邊，這裡
0 そちら		[代名詞]	那邊，那裡
0 あちら		[代名詞]	那邊，那裡
1 どちら		[代名詞]	哪邊，哪裡
0 がっこう	学校	[名詞]	學校
0 きょうしつ	教室	[名詞]	教室
2 じむしつ	事務室	[名詞]	辦公室
1 トイレ		[名詞]	洗手間
0 しょくどう	食堂	[名詞]	餐廳
2 としょかん	図書館	[名詞]	圖書館
4 たいいくかん	体育館	[名詞]	體育館
1 えき	駅	[名詞]	車站
0 バスてい	バス停	[名詞]	公車站
1 レストラン		[名詞]	（西）餐廳
1 スーパー		[名詞]	超級市場

0 きっさてん	喫茶店	[名詞]	咖啡廳
3 ゆうびんきょく	郵便局	[名詞]	郵局
0 かいしゃ	会社	[名詞]	公司
0 ぎんこう	銀行	[名詞]	銀行
1 ほんや	本屋	[名詞]	書店
2 デパート		[名詞]	百貨公司
0 きっぷ	切符	[名詞]	車票、入場券
0 うりば	売り場	[名詞]	賣場
4 かいさつぐち	改札口	[名詞]	剪票口
2 えきいん	駅員	[名詞]	站務員
0 こうばん	交番	[名詞]	崗哨，派出所
0 となり	隣	[名詞]	隔壁
0 うち	家	[名詞]	家
0 くに	国	[名詞]	國家，故鄉
0 アメリカ		[專有名詞]	美國
0 イギリス		[專有名詞]	英國
0 とうきょう	東京	[專有名詞]	東京
0 おおさか	大阪	[專有名詞]	大阪
0 タイペイ	台北	[專有名詞]	台北
1 たかお	高雄	[專有名詞]	高雄
1 ホンコン	香港	[專有名詞]	香港
1 どうも		[副詞]	非常
		[寒暄語]	謝謝，不好意思
2－4 ありがとうございます		[寒暄語]	謝謝
1－4 どう　いたしまして		[寒暄語]	不客氣
0 あのう		[感嘆詞]	（發語詞，向對方搭話時使用）

會話 Ⅰ

（学校(がっこう)で）

王(おう)　：あのう、すみません。

本田(ほんだ)：はい。

王　：トイレは　どこですか。

本田：トイレは　あそこです。

王　：どうも　ありがとう。

本田：いいえ。

會話 II

すみません。
駅はどこですか。

あそこです。

どこですか。

そこはスーパーですね。
駅はスーパーの隣です。

ああ、そうですか。どうも
ありがとうございました。

いいえ、
どういたしまして。

すみませんが、
切符売り場はどこですか。

あそこです。

改札口も
あそこですか。

いいえ、
改札口はそこです。

どうも。

（交番で）

小林　：すみません。駅は　どこですか。

警察　：あそこです。

小林　：どこですか。

警察　：そこは　スーパーですね。駅は　スーパーの　隣です。

小林　：ああ、そうですか。どうも　ありがとう　ございました。

警察　：いいえ、どう　いたしまして。

（駅で）

小林　：すみませんが、切符売り場は　どこですか。

駅員　：あそこです。

小林　：改札口も　あそこですか。

駅員　：いいえ、改札口は　そこです。

小林　：どうも。

句型

1. ここは　レストランです。
2. バス停は　ここです。
3. こちらは　本屋では　ありません。
4. 鈴木さんの　国は　日本です。
5. ここは　教室ですか、事務室ですか。

練習

1. | ここ / そこ / あそこ | は　銀行(ぎんこう)です。

2. 事務室(じむしつ)は | ここ / そこ / あそこ | です。
   | どこ | ですか。

3. 例 A：佐藤(さとう)さんは　どこですか。
   B：あそこです。

(1) 林(りん)さん・教室(きょうしつ)
(2) 小林(こばやし)さん・食堂(しょくどう)
(3) 王(おう)さん・図書館(としょかん)
(4) 本田(ほんだ)さん・トイレ

4. こちらは | 体育館(たいいくかん) / 喫茶店(きっさてん) / 改札口(かいさつぐち) / デパート | では　ありません。

5. 例 A：トイレは　どちらですか。

B：そちらです。

(1) 郵便局(ゆうびんきょく)

(2) 食堂(しょくどう)

(3) バス停(てい)

(4) 切符売り場(きっぷうりば)

6. 例 A：お国(くに)は　どちらですか。

B：アメリカです。

(1) 学校(がっこう)は　どちらですか。（台北大学(たいぺいだいがく)）

(2) お家(うち)は　どちらですか。（ホンコン）

(3) 会社(かいしゃ)は　どちらですか。（ＴＫＳ(ティーケーエス)）

(4) お国(くに)は　どちらですか。（イギリス）

7. 例 A：張(ちょう)さんの家(うち)・＊台北(タイペイ)・高雄(たかお)

→張(ちょう)さんの家(うち)は　台北(タイペイ)ですか、高雄(たかお)ですか。

B：台北(タイペイ)です。

(1) あそこ・（＊図書館(としょかん)・体育館(たいいくかん)）

(2) 林(りん)さんの国(くに)・（＊日本(にほん)・台湾(たいわん)）

(3) 本田(ほんだ)さんの家(うち)・（＊東京(とうきょう)・大阪(おおさか)）

(4) 小林(こばやし)さんの会社(かいしゃ)・（＊ＳＭＴ(エスエムティー)・ＴＫＳ(ティーケーエス)）

習題

1. 完成下列會話

A：あのう、＿＿＿＿＿＿。「對不起，請問一下。」

B：はい。「是。」

A：郵便局（　　）＿＿＿＿＿ですか。「郵局在哪裡？」

B：郵便局（　　）＿＿＿＿＿です。「郵局在那裡。」

A：銀行（　　）＿＿＿＿＿ですか。「銀行也在那裡嗎？」

B：いいえ、銀行（　　）＿＿＿＿＿です。「不，銀行在這裡。」

A：＿＿＿＿＿＿＿＿＿＿。「非常的謝謝。」

B：いいえ、＿＿＿＿＿＿。「不，不客氣。」

2. 訂正下列文句中的錯誤

(1) デパートはどこですか。……どこです。

(2) 小林さんは誰ですか。……食堂です。

(3) こちらは喫茶店ですか。……こちらの喫茶店ではありません。

(4) ここは教室ですか、事務室ですか。……はい、事務室です。

3. 依自己的狀況回答下列問題

(1) お国はどこですか。

(2) お家はどちらですか。

(3) 学校はどちらですか。

(4) あなたは学生ですか、先生ですか。

4. 將下列中文譯成日文

(1) 這裡是圖書館。

(2) 超級市場在哪裡？

(3) 本田先生的國家是日本。

文法説明

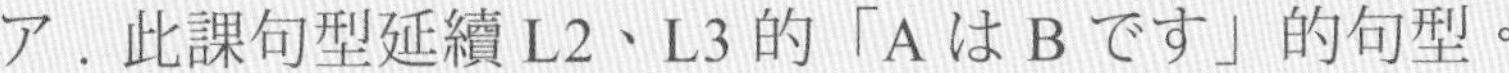

ア．此課句型延續 L2、L3 的「A は B です」的句型。

1. 本課 A 為指示代名詞（ここ、そこ、あそこ），
   B 為場所名詞（如学校、トイレ、喫茶店等）。
   ここ：指距離說話者較近的地方。
   そこ：指距離聽話者較近的地方。
   あそこ：指距離說話者及聽話者皆遠的地方。

   例：ここは教室です。（這裡是教室。）
   そこは食堂です。
   あそこはトイレです。

2. A 為場所名詞，B 為指示代名詞。

   例：教室はここです。（教室在這裡。）
   食堂はそこです。
   トイレはあそこです。

イ．「A は B ですか、C ですか。」（A 是 B 呢？還是 C 呢？）為二選一的問句。

例：A：ここはスーパーですか、デパートですか。
B：スーパーです。
A：林さんの家は台北ですか、高雄ですか。
B：高雄です。

1. 紅白歌唱對抗賽（紅白歌合戦）

在日本 12 月 31 日的除夕夜（大晦日），有一個傳統的電視節目，即是在 NHK 電視台演出的紅白歌唱對抗賽。此一傳統節目已在日本延續幾十年。由主辦單位 NHK（日本放送協会）從當年度最受歡迎的男女歌手中選出參加歌手，分為女生的紅隊（赤組）及男生的白隊（白組）。二隊各自表演最精彩的節目來比賽，最後由裁判及現場的觀眾以舉紅牌或白牌來表示勝負。以往參賽的歌手都視參加紅白對抗為一種榮耀，但是近年來由於其他節目的多樣化及參加歌手的意願降低，紅白對抗賽已不復當年的盛況了。

2. 歳暮（お歳暮）

日本人一年裡有二次送禮的時節，一次在7月（お中元），一次則在12月。而在 12 月送的年禮即稱為お歳暮。到了 12 月，在各百貨公司都會舉辦促銷禮品的活動，並在百貨公司裡設置年末送禮專櫃（お歳暮ギフトコーナー），以便於消費者選購。一般的日本人習慣在百貨公司選購後，直接由百貨公司替客戶送達。收到禮物的一方有的回禮，有的則寄出明信片以表示謝意。お歳暮的禮品從禮券、罐頭食品、水果、家庭用品到餐具，各式各樣的物品皆有。

第五課 5

東京は　にぎやかな町です。

詞彙

3 おおきい	大きい	[い形容詞]	大（的）
3 ちいさい	小さい	[い形容詞]	小（的）
2 たかい	高い	[い形容詞]	高（的），貴（的）
2 やすい	安い	[い形容詞]	便宜（的）
0 おいしい	＜美味＞しい	[い形容詞]	好吃（的）
2 まずい		[い形容詞]	難吃（的）
0 やさしい	優しい	[い形容詞]	溫柔（的），和藹（的）
3 きびしい	厳しい	[い形容詞]	嚴格（的），嚴肅（的）
2 あつい	暑い	[い形容詞]	熱（的）
2 さむい	寒い	[い形容詞]	冷（的）
0 あまい	甘い	[い形容詞]	甜（的）
4 あたたかい	暖かい	[い形容詞]	暖和（的）
3 すずしい	涼しい	[い形容詞]	涼快（的）
3 きたない	汚い	[い形容詞]	髒（的）
1 きれい	＜綺麗＞	[な形容詞]	乾淨，漂亮
1 しずか	静か	[な形容詞]	安靜
2 にぎやか	＜賑＞やか	[な形容詞]	熱鬧
1 しんせつ	親切	[な形容詞]	親切
0 ゆうめい	有名	[な形容詞]	有名

1	べんり	便利	[な形容詞]	方便，便利
0	てんいん	店員	[名詞]	店員
2	くだもの	果物	[名詞]	水果
0	くだものや	果物屋	[名詞]	水果店
0	すいか	< 西瓜 >	[名詞]	西瓜
0	ひと	人	[名詞]	人
1	てんき	天気	[名詞]	天氣
3	ところ	所	[名詞]	場所，地方
2	なつ	夏	[名詞]	夏天
0	りんご	< 林檎 >	[名詞]	蘋果
1	みかん	< 蜜柑 >	[名詞]	橘子
0	もも	桃	[名詞]	桃子
1	メロン		[名詞]	哈蜜瓜
1	レモン		[名詞]	檸檬
1	きょう	今日	[名詞]	今天
2	まち	町	[名詞]	城市，街道
0	でんしゃ	電車	[名詞]	電車
1	バス		[名詞]	公車
6	いらっしゃいませ		[寒暄語]	歡迎光臨
2	ひとつ	一つ	[數量詞]	一個
1	いくら		[副詞]	多少錢，多少
1	どんな		[連體詞]	什麼樣的
1	じゃ		[接續詞]	那麼
2	ひゃく	百	[名詞]	一百（～百）
1	せん	千	[名詞]	一千（～千）
	～えん	円	[名詞]	～日元
	～げん	元	[名詞]	～元
	～より		[助詞]	比…

會話 I

いらっしゃいませ。

あのう、りんごは
一ついくらですか。

一つ100元です。
おいしいですよ。

高いですね。

高くないです。
日本のりんごですよ。

そうですか。
じゃ、一つください。

（果物屋で）

店員　：いらっしゃいませ。

林　　：あのう、りんごは　一つ　いくらですか。

店員　：一つ　100元です。おいしいですよ。

林　　：高いですね。

店員　：高くないです。日本の　りんごですよ。

林　　：そうですか。じゃ、一つ　ください。

會話 II

蔡(さい)　：田中(たなか)さんの　家(うち)は　どこですか。

田中(たなか)：東京(とうきょう)です。

蔡　：東京(とうきょう)は　どんな　町(まち)ですか。

田中：そうですね。にぎやかな　町(まち)です。

蔡　：大(おお)きいですか。

田中：ええと、台北(タイペイ)より　大(おお)きいです。

蔡　：天気(てんき)は？

田中：うーん……台北(タイペイ)より　寒(さむ)いです。

蔡　：夏(なつ)は　暑(あつ)いですか。

田中：暑(あつ)いですよ。

句型

1. すいかは　甘(あま)いです。
2. レモンは　甘(あま)くないです。
3. 陳(ちん)さんは　優(やさ)しい　人(ひと)です。
4. 電車(でんしゃ)は　便利(べんり)です。
5. 台北(タイペイ)は　静(しず)かでは　ありません。
6. 大阪(おおさか)は　にぎやかな　町(まち)です。
7. 日本(にほん)は　台湾(たいわん)より　寒(さむ)いです。

練習

1.

い形容詞	な形容詞
大(おお)きいです	有名(ゆうめい)です
大(おお)きくないです	有名(ゆうめい)では　ありません
大(おお)きい会社(かいしゃ)	有名(ゆうめい)な会社(かいしゃ)

2. 例 A：今日(きょう)は　暑(あつ)いですね。
B：そうですね。

(1) 寒(さむ)い
(2) 暖(あたた)かい
(3) 涼(すず)しい

3. 例 A：これは　おいしいですか。
B：いいえ、おいしくないです。

(1) これ・高(たか)い
(2) 本田先生(ほんだせんせい)・厳(きび)しい
(3) レモン・甘(あま)い
(4) このかばん・安(やす)い

4. すいかは　［安(やす)い／おいしい／甘(あま)い／高(たか)い］　果物(くだもの)です。

5. 例 A：台北（タイペイ）は　静か（しず）ですか。

B：いいえ、静か（しず）では　ありません。

(1) 佐藤（さとう）さん・親切（しんせつ）

(2) この学校（がっこう）・にぎやか

(3) この雑誌（ざっし）・有名（ゆうめい）

(4) トイレ・きれい

6. 例 A：東京（とうきょう）は　どんな　町（まち）ですか。

B：にぎやかな　町（まち）です。

(1) 田中（たなか）さん・親切（しんせつ）・人（ひと）

(2) TKS・有名（ゆうめい）・会社（かいしゃ）

(3) ここ・便利（べんり）・所（ところ）

(4) 台北大学（たいぺいだいがく）・きれい・学校（がっこう）

7.

日本（にほん）	は	台湾（たいわん）	より	寒い（さむ）	です。
電車（でんしゃ）		バス		便利（べんり）	
林先生（りんせんせい）		陳先生（ちんせんせい）		有名（ゆうめい）	
図書館（としょかん）		食堂（しょくどう）		静か（しず）	
すいか		りんご		安い（やす）	

習題

1. 回答下列問題

(1) このすいかはいくらですか。　（500円）

(2) この時計はいくらですか。　（3,000円）

(3) あの雑誌はいくらですか。　（150元）

(4) これはいくらですか。　（10元）

2. 按照例文造句

例：優しいです・人　→　優しい人

(1) おいしいです・果物　→

(2) 高いです・時計　→

(3) 静かです・教室　→

(4) 有名です・デパート　→

(5) 親切です・先生　→

3. 依照例文形式回答問題

例：あなたの町はにぎやかですか。
→はい、にぎやかです。
→いいえ、にぎやかではありません。

(1) 日本は寒いですか。（はい）
→

(2) 本田先生は厳しいですか。（いいえ）
→

(3) このみかんはおいしいですか。（いいえ）
→

(4) ＴＫＳは有名ですか。（いいえ）
→

(5) 台北のバスは便利ですか。（はい）
→

4. 依照例文形式回答問題

例 1： A：東京は大阪より大きいですか。（はい）

B：はい、大きいです。

例 2： A：りんごはメロンより高いですか。（いいえ）

B：いいえ、高くないです。

(1) 韓国は台湾より寒いですか。（はい）

→

(2) 本田先生は鈴木先生より厳しいですか。（いいえ）

→

(3) 教室は図書館よりきれいですか。（いいえ）

→

(4) このデパートはあのデパートより有名ですか。（はい）

→

5. 翻譯

(1) 日本的哈蜜瓜很貴。

(2) 那家百貨公司很熱鬧。

(3) 佐藤老師是親切的老師。

(4) 高雄比台北熱。

文法說明

ア．日文的形容詞可分為「い形容詞」和「な形容詞」

1. 修飾名詞時

「い形容詞」直接修飾名詞（不可加「の」）

例：おいしい　りんご

大きい　町

「な形容詞」加「な」修飾名詞

例：にぎやかな　所

親切な　人

2. 改為否定時

「い形容詞」去掉「い」加上「くないです」（或「くありません」）

例：暑いです→暑くないです（暑くありません）

厳しいです→厳しくないです（厳しくありません）

「な形容詞」加上「ではありません」

例：有名です→有名ではありません

きれいです→きれいではありません

イ．「より」助詞，表示比較的對象

文型「A は B より……」

例：すいかは　りんごより　安いです。（西瓜比蘋果便宜。）

東京は　台北より　涼しいです。（東京比台北涼爽。）

忘年會（忘年会）

每年的 12 月底是日本舉行忘年會（相當於中國人的尾牙）的時期。不管是公家機關、公司行號或是學校社團，都會利用這個機會，藉著吃吃喝喝，彼此慰勞這一年來的辛勞。

一般的忘年會大都是全體成員參加，比較正式。因此，喜歡此道的人往往在一次會結束之後，再三五成群到別的地方舉行二次會、三次會甚至四次會。酒量較差的人，經常醉臥街頭，隨地站著小便（立小便）。但是日本素有「醉漢樂園」（酔っ払い天国）之稱，所以日本人也見怪不怪。倒是日本人的太太們，每到了年底就要開始擔心，也許半夜會接到警察打來的電話，隨時都要出去接回丈夫。

賀年片（年賀状）

賀年片是日本人用來感謝平時受到照顧的同事、上司或者是問候久未見面的友人的工具之一。坊間所售的賀年片雖然設計精美，但是有些人還是喜歡用郵局發行的明信片，印上或畫上自己設計的圖案。甚至市面上也有販賣自行印製賀年片的機器。

只要在一定的期限內寄出賀年片（通常是每年的 12 月 23 日前後），同時在上面用紅筆寫上「年賀」二字，郵局會在 1 月 1 日早上將所有的賀年片一併送到府上。郵局發行的賀年片上面都印有幸運號碼，只要對中了，就可以到郵局換取贈品。

明信片

正面（表(おもて)）

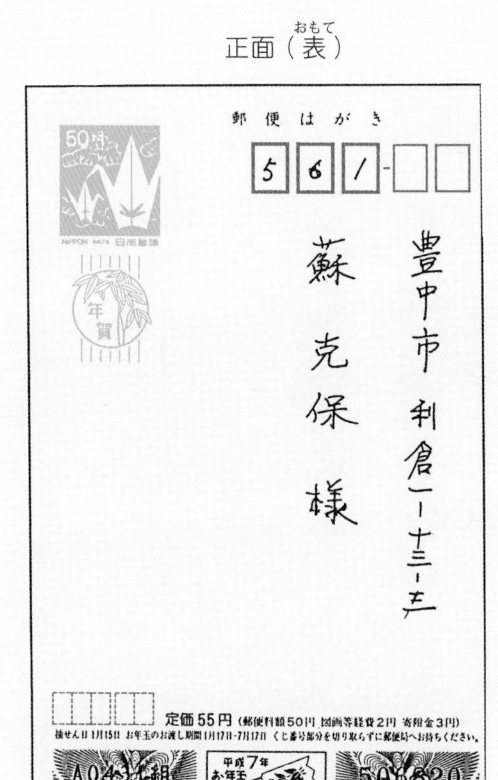

背面（裏(うら)）

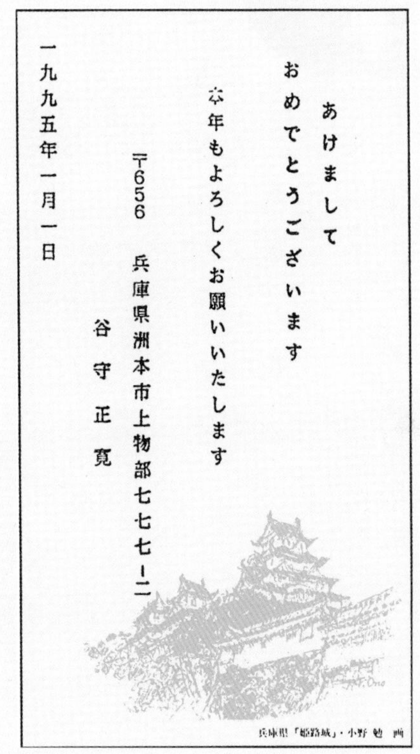

memo

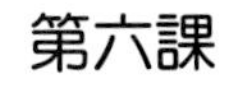

第六課 6

食べ物は　とても　おいしかったです。

詞彙

声調	假名	漢字	詞類	中文
3	たのしい	楽しい	[い形容詞]	快樂（的）
4	おもしろい	面白い	[い形容詞]	滑稽（的），有趣（的）
3	つまらない		[い形容詞]	微不足道（的），無聊（的）
1	いい（よい）	＜良＞い	[い形容詞]	好（的）
0	むずかしい	難しい	[い形容詞]	困難（的）
0	やさしい	易しい	[い形容詞]	簡單（的）
0	りっぱ	立派	[な形容詞]	華麗（的），高尚（的）
0	まじめ	＜真面目＞	[な形容詞]	認真（的）
1	げんき	元気	[な形容詞]	健康（的），精神好
0	いちばん		[副詞]	最
0	とても		[副詞]	非常，很
1	どなた		[代名詞]	哪位
0	りょこう	旅行	[名詞]	旅行
3	たべもの	食べ物	[名詞]	食物
1	りょうり	料理	[名詞]	料理
0	おんせん	温泉	[名詞]	溫泉
1	クラス		[名詞]	班級
1	なか	中	[名詞]	裡面，當中
2	しけん	試験	[名詞]	考試

0 にわ	庭	[名詞]	庭院
0 しゃしん	写真	[名詞]	照片
1 パーティー		[名詞]	派對，宴會
2 きのう	昨日	[名詞]	昨天
3 ゆうべ	<昨夜>	[名詞]	昨晚
3 やすみ	休み	[名詞]	休息，休假，請假
3 なつやすみ	夏休み	[名詞]	暑假
3 ふゆやすみ	冬休み	[名詞]	寒假
2 もの		[名詞]	東西
0 さいこう	最高	[名詞]	好極了，太棒了
1 きょうと	京都	[專有名詞]	京都
0 ペイトー	北投	[專有名詞]	北投
1 よう	楊	[專有名詞]	楊（姓）
3 いきました	行きました	[動詞]〈五段〉	去了
1 どう		[副詞]	如何，怎麼樣？
6 ごめんください		[寒暄語]	請問有人在嗎？
けど		[助詞]	（用在句尾表示語意尚未完結）

會話 I

ごめんください。
はい。どなたですか。

隣の林です。

こんにちは。あのう、これ、つまらないものですけど。

へえ。旅行ですか。

はい。夏休みに日本へ行きました。

いいえ。
あ、そうですか。どうもありがとうございます。

林　：ごめんください。

木村：はい。どなたですか。

林　：隣の　林です。

《開門聲》

林　：こんにちは。あのう、これ、つまらないものですけど。

木村：へえ。旅行ですか。

林　：はい。夏休みに　日本へ　行きました。

木村：あ、そうですか。どうも　ありがとうございます。

林　：いいえ。

會話 II

楊（よう）：きれいな　写真（しゃしん）ですね。ここは　どこですか。

陳（ちん）：日本（にほん）です。冬休（ふゆやす）みに　日本（にほん）へ　行（い）きました。

楊：どうでしたか。

陳：楽（たの）しかったです。

楊：寒（さむ）かったですか。

陳：いいえ、寒（さむ）くなかったです。

楊：食（た）べ物（もの）は　どうでしたか。

陳　：とても　おいしかったです。

楊　：どこが　いちばん　よかったですか。

陳　：京都が　いちばん　よかったです。

句型

1. 昨日の　パーティーは　とても　楽しかったです。
2. ゆうべは　寒くなかったです。
3. この　庭は　立派でした。
4. 昨日　陳さんは　元気では　ありませんでした。
5. 日本で　京都が　いちばん　きれいです。

練習

1. い形容詞的時態

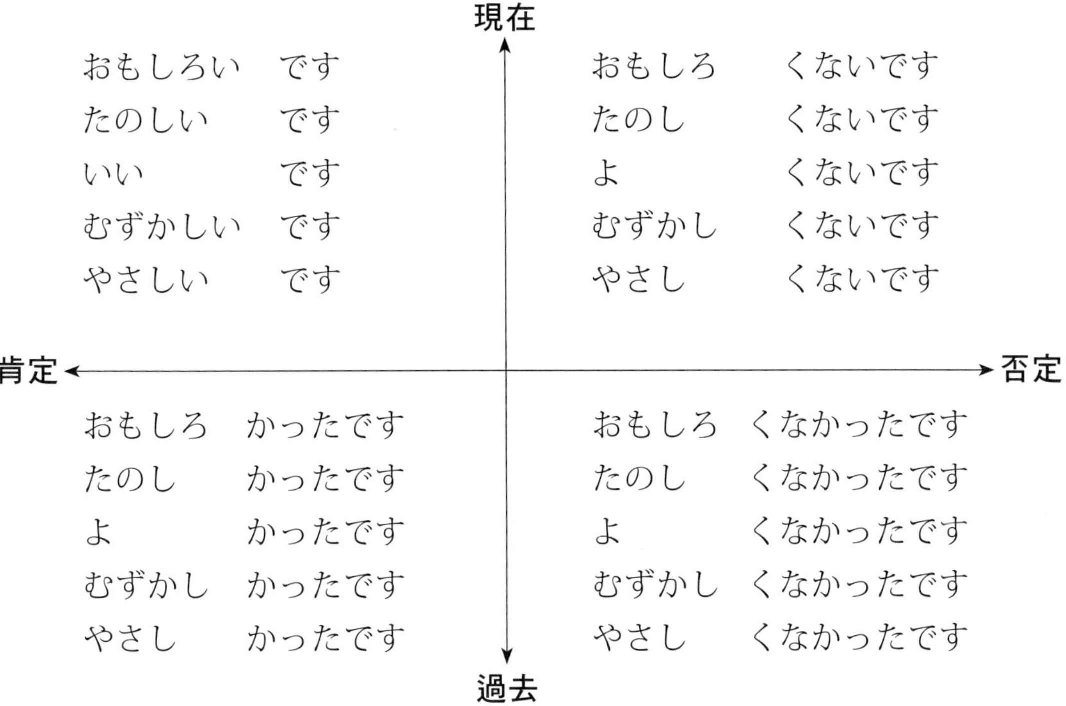

2. な形容詞的時態

現在

まじめ　です
元気（げんき）　です
便利（べんり）　です
立派（りっぱ）　です

まじめ　ではありません
元気（げんき）　ではありません
便利（べんり）　ではありません
立派（りっぱ）　ではありません

肯定　←→　否定

まじめ　でした
元気（げんき）　でした
便利（べんり）　でした
立派（りっぱ）　でした

まじめ　ではありませんでした
元気（げんき）　ではありませんでした
便利（べんり）　ではありませんでした
立派（りっぱ）　ではありませんでした

過去

3. 例 昨日(きのう)は　暑(あつ)かったですか。

→はい、暑(あつ)かったです。

→いいえ、暑(あつ)くなかったです。

(1) 夏休(なつやす)みは　楽(たの)しかったですか。（はい）

(2) 昨日(きのう)の　料理(りょうり)は　おいしかったですか。（いいえ）

(3) 試験(しけん)は　難(むずか)しかったですか。（はい）

(4) あの　雑誌(ざっし)は　面白(おもしろ)かったですか。（いいえ）

4. 例 この　町(まち)は　にぎやかでしたか。

→はい、にぎやかでした。

→いいえ、にぎやかでは　ありませんでした。

(1) 北投(ペイトー)の　温泉(おんせん)は　有名(ゆうめい)でしたか。（はい）

(2) あの人(ひと)は　元気(げんき)でしたか。（いいえ）

(3) 図書館(としょかん)は　立派(りっぱ)でしたか。（はい）

(4) 田中(たなか)さんは　まじめでしたか。（いいえ）

5.

果物(くだもの)	の	中(なか)で	メロン	が	いちばん	高(たか)い	です。
クラス			鈴木(すずき)さん			親切(しんせつ)	
先生(せんせい)			佐藤先生(さとうせんせい)			厳(きび)しい	
果物(くだもの)			すいか			おいしい	
会社(かいしゃ)			陳(ちん)さん			まじめ	

習題

1. 照例填寫下列空格

例	たのしいです	たのしくないです	たのしかったです	たのしくなかったです

いいです			
面白いです			
難しいです			
易しいです			
まじめです			
立派です			

2. 照（　　）的答案回答下列問句

(1) A：昨日は楽しかったですか。（はい）
　B：

(2) A：日本は暑かったですか。（いいえ）
　B：

(3) A：昨日は休みでしたか。（いいえ）
　B：

(4) A：旅行はどうでしたか。（いい）
　B：

(5) A：パーティーはどうでしたか。（最高）
　B：

3. 選出正確的詞語

(1) 昨日のパーティーは（面白いでした・面白かったです）。

(2) この本は（どう・なん）でしたか。

(3) このクラス（で・は・か）張さんがいちばん親切です。

(4) この雑誌は（いくないです・よくないです・いいではありません）。

4. 翻譯

(1) 請問有人在嗎？

(2) 微不足道，（請笑納）。

(3) 今日的旅行如何？

(4) 昨天的考試很簡單。

(5) 這個班上林同學最用功。

文法說明

ア . い形容詞的變化

い形容詞的時態分為：1. 現在未來肯定式、2. 現在未來否定式、3. 過去肯定式、4. 過去否定式四類。其變化規則為：

1. い形容詞い＋です	例：暑いです
2. い形容詞く＋ないです	暑くないです
3. い形容詞かった＋です	暑かったです
4. い形容詞くなかった＋です	暑くなかったです

※ 特別注意「いい」沒有變化形，用「よい」作變化。

例：(1) いいです

(2) よくないです

(3) よかったです

(4) よくなかったです

イ . な形容詞的變化

な形容詞的時態亦同。其變化規則為：

1. な形容詞＋です	例：元気です
2. な形容詞＋ではありません	元気ではありません
3. な形容詞＋でした	元気でした
4. な形容詞＋ではありませんでした	元気ではありませんでした

ウ．とても／いちばん

副詞，用來修飾形容詞，表示形容詞的程度。

例：昨日のパーティーはとても楽しかったです。（昨日的派對非常愉快。）

京都がいちばんきれいです。（京都最華麗。）

エ．どうですか。

用來形容人或物的性質和狀態的疑問詞，用在述語的部分。

例：北投の温泉はどうですか。　　とても有名です。

（北投的溫泉如何？　　非常有名。）

情人節（パレンタインデー）

在日本，2 月 14 日是女性向男性表示愛意的日子，在這一天從小學生到上班族的女孩子，都會對喜歡的男生贈送巧克力（チョコレート）。因此每到這個日子，百貨公司和超級市場裡都會出現女孩子搶購巧克力的熱潮。有些女孩子甚至會親手製作巧克力（手作(てづく)りチョコ）送給最喜歡的男孩子（本命(ほんめい)）。男生也以收到巧克力表示自己很受女孩子的喜歡為榮。當然為了避免傷和氣，有人又想出人情巧克力（義理(ぎり)チョコ）來安慰那些不受歡迎的男生。等到 3 月 14 日白色情人節（ホワイトデー），「本命」的男生如果要接受對方愛意的話，則要回送禮物給女生。

2 すき	好き	[な形容詞]	喜歡、喜好
0 きらい	嫌い	[な形容詞]	討厭、嫌惡
3 じょうず	上手	[な形容詞]	拿手
2 へた	下手	[な形容詞]	笨拙、不高明
2 だめ	< 駄目 >	[な形容詞]	不行
2 スポーツ		[名詞]	運動
1 テニス		[名詞]	網球
0 やきゅう	野球	[名詞]	棒球
1 ピンポン		[名詞]	乒乓球
0 ボーリング		[名詞]	保齡球
4 にほんりょうり	日本料理	[名詞]	日本菜
4 ちゅうかりょうり	中華料理	[名詞]	中國菜
0 フランスご	フランス語	[名詞]	法文
2 うた	歌	[名詞]	歌曲
0 カラオケ		[名詞]	卡拉 OK
1 おんがく	音楽	[名詞]	音樂
3 のみもの	飲み物	[名詞]	飲料
0 ピアノ		[名詞]	鋼琴
1 ビール		[名詞]	啤酒

1 ラーメン		[名詞]	拉麵
3 コーヒー		[名詞]	咖啡
1 カメラ		[名詞]	照相機
0 おちゃ	お茶	[名詞]	茶
0 おかね	お金	[名詞]	錢
0 すいえい	水泳	[名詞]	游泳
0 たばこ	<煙草>	[名詞]	香菸
2 スキー		[名詞]	滑雪
1 しゅみ	趣味	[名詞]	興趣
1 えいが	映画	[名詞]	電影
0 やまだ	山田	[專有名詞]	山田（姓）
1 とよた	豊田	[專有名詞]	豐田（姓）
1 こう	黄	[專有名詞]	黃（姓）
1 かく	郭	[專有名詞]	郭（姓）
1 たろう	太郎	[專有名詞]	太郎（名）
3 できます		[動詞]〈一段〉	能、會
1 まだ		[副詞]	尚未，還早呢
0 あまり（＋否定）		[副詞]	（不）太
0 ぜんぜん（＋否定）		[副詞]	完全（不）
2 すこし	少し	[副詞]	稍微
1 でも		[接續詞]	但是

會話 I

日本語が上手ですね。

いいえ、
まだまだです。

難しいでしょう。

そうですね。でも、
とても好きです。

英語はどうですか。

ぜんぜんだめです。

豊田　：日本語が　上手ですね。

郭　　：いいえ、まだまだです。

豊田　：難しいでしょう。

郭　　：そうですね。でも、とても　好きです。

豊田　：英語は　どうですか。

郭　　：ぜんぜん　だめです。

會話 II

山田　：黄さんの　趣味は　何ですか。

黄　：野球です。

山田　：上手でしょう。

黄　：できますが、あまり　上手じゃ　ありません。
　山田さんは　スポーツが　好きですか。

山田　：いいえ、あまり　好きじゃ　ありません。
　カラオケが　好きです。

黄　：どんな　歌が　好きですか。

山田　：日本の　歌が　好きです。黄さんも　カラオケが　好きですか。

黄　：あまり　好きじゃ　ありません。

1. 李さんは　テニスが　好きです。
2. わたしは　英語が　あまり　上手では　ありません。
3. 林さんは　ピアノが　できますか。
4. 郭さんは　お金が　あります。

練習

1. わたしは
   - 音楽（おんがく）
   - 太郎（たろう）
   - 甘い（あまい）　果物（くだもの）
   - 静かな（しずかな）　所（ところ）
   - アメリカの　映画（えいが）

   が　好き（す）です。

2. 例　A：田中（たなか）さんは　お茶（ちゃ）が　好き（す）ですか。
   B：はい、好き（す）です。
   いいえ、嫌い（きらい）です。

(1) 小林（こばやし）さんは　台湾（たいわん）の　果物（くだもの）が　好き（す）ですか。（はい）
(2) 陳（ちん）さんは　ピンポンが　好き（す）ですか。（いいえ）
(3) 本田（ほんだ）さんは　中華料理（ちゅうかりょうり）が　好き（す）ですか。（はい）
(4) 林（りん）さんは　コーヒーが　好き（す）ですか。（いいえ）

3. 佐藤（さとう）さんは
   - ボーリング
   - フランス語
   - 中国語（ちゅうごくご）
   - カラオケ
   - 料理（りょうり）

   が　上手（じょうず）です。

4. 例　A：山田（やまだ）さんは　ピアノが　上手（じょうず）ですか。
   B：はい、とても　上手（じょうず）です。
   いいえ、あまり　上手（じょうず）では　ありません。

(1) たばこ・嫌(きら)い（はい）

(2) すいか・好(す)き（いいえ）

(3) 英語(えいご)・下手(へた)（はい）

(4) 料理(りょうり)・上手(じょうず)（いいえ）

5. 例 A：先生(せんせい)は　どんな　料理(りょうり)が　好(す)きですか。

B：中華料理(ちゅうかりょうり)が　好(す)きです。

(1) 鈴木(すずき)さんは　どんな　スポーツが　上手(じょうず)ですか。（野球(やきゅう)）

(2) あの人(ひと)は　どんな　飲(の)み物(もの)が　好(す)きですか。（ビール）

(3) 豊田(とよた)さんは　どんな　食(た)べ物(もの)が　好(す)きですか。（ラーメン）

(4) 田中(たなか)さんは　どんな　果物(くだもの)が　嫌(きら)いですか。（りんご）

6. 例 A：ピアノが　できますか。

B：はい、少(すこ)し　できます。

いいえ、ぜんぜん　できません。

(1) フランス語(ご)（はい）

(2) ピンポン（いいえ）

(3) スキー（はい）

(4) 水泳(すいえい)（いいえ）

7.

陳(ちん)さん 小林(こばやし)さん 山田先生(やまだせんせい) 木村(きむら)さん	は	カメラ 修正液(しゅうせいえき) 切符(きっぷ) 辞書(じしょ)	が　あります。

習題

1. 填入適當的助詞
   (1) わたし（　　）ビール（　　）好きです。
   (2) 林さん（　　）日本語（　　）上手です。
   (3) あなた（　　）メロン（　　）好きではありませんか。
   (4) 王さん（　　）どんな料理（　　）嫌いですか。

2. 選出適當的語詞
   (1) 先生はフランス語が（でも ・ とても）上手です。
   (2) 田中さんはすいかが（あまり ・ とても）好きではありません。
   (3) あなたはお金が（少し ・ ぜんぜん）ありませんか。
   (4) （ぜんぜん ・ 少し）だめです。

3. 翻譯
   (1) 我不太喜歡日本菜。
   (2) 王先生的法文完全不行。
   (3) 鈴木小姐非常喜歡水果。
   (4) 林老師有日文書。

4. 回答下列問題
   (1) あなたはどんな果物が好きですか。
   (2) あなたは英語が上手ですか。
   (3) あなたはどんな料理が嫌いですか。
   (4) あなたはどんなスポーツが上手ですか。

文法說明

ア．人は　事物が　できます。
　　　　　　　　　好きです。
　　　　　　　　　嫌いです。
　　　　　　　　　上手です。
　　　　　　　　　下手です。
　　　　　　　　　あります。

表能力、好惡、巧拙、有無之內容，助詞用「が」。

例：1. 能力　陳さんはスキーができます。（陳先生會滑雪。）
　　　　　　陳さんはスキーができません。（陳先生不會滑雪。）

2. 好惡　陳さんは日本料理が好きです。（陳先生喜歡日本料理。）
　　　　陳さんは日本料理が嫌いです。（陳先生討厭日本料理。）

3. 巧拙　陳さんは日本語が上手です。（陳先生日文很拿手。）
　　　　陳さんは日本語が下手です。（陳先生日文不拿手。）

4. 有無　陳さんはお金があります。（陳先生有錢。）
　　　　陳さんはお金がありません。（陳先生沒有錢。）

文化教室

女兒節（雛祭（ひなまつり））

3月3日是俗稱的女兒節，是為了祈求女孩的健康及幸福的節日。有女孩的家庭，通常會擺飾女兒節娃娃（雛人形（ひなにんぎょう））。最典型的女兒節娃娃是一個階梯式的七段或五段壇，上面由天皇、皇后、三位宮女及五個樂師的娃娃所組成，壇前必須供奉菱餅（菱餅（ひしもち））、白酒、桃花。正因為有裝飾桃花的習慣，所以女兒節也被稱為桃花節（桃（もも）の節句（せっく））。

女兒節娃娃

memo

第八課

8

わたしは　本屋へ行きます。

詞彙

3 いきます	行きます	[動詞]〈五段〉	去
2 きます	来ます	[動詞]〈特殊〉	來
4 かえります	帰ります	[動詞]〈五段〉	回（去），回（來）
3 あした	明日	[名詞]	明天
0 せんしゅう	先週	[名詞]	上星期
0 らいしゅう	来週	[名詞]	下星期
2 じてんしゃ	自転車	[名詞]	腳踏車
3 しんかんせん	新幹線	[名詞]	新幹線
0 ちかてつ	地下鉄	[名詞]	地下鐵
2 ひこうき	飛行機	[名詞]	飛機
1 タクシー		[名詞]	計程車
0 ともだち	友達	[名詞]	朋友
4 クラスメート		[名詞]	同班同學
1 りょうしん	両親	[名詞]	（自己的）父母
2 ごりょうしん	ご両親	[名詞]	（別人的）父母
1 かぞく	家族	[名詞]	家人
1 かれ	彼	[名詞]	他
0 びょういん	病院	[名詞]	醫院

3　はるやすみ	春休み	[名詞]	春假
3　にちようび	日曜日	[名詞]	星期日
3　げつようび	月曜日	[名詞]	星期一
2　かようび	火曜日	[名詞]	星期二
3　すいようび	水曜日	[名詞]	星期三
3　もくようび	木曜日	[名詞]	星期四
3　きんようび	金曜日	[名詞]	星期五
2　どようび	土曜日	[名詞]	星期六
3　なんようび	何曜日	[名詞]	星期幾
0　なかやま	中山	[専有名詞]	中山（姓）
1　てい	鄭	[専有名詞]	鄭（姓）
0　たいなん	台南	[専有名詞]	台南（地名）
1　しりん	士林	[専有名詞]	士林（地名）
1　たんすい	淡水	[専有名詞]	淡水（地名）
1　ハワイ		[専有名詞]	夏威夷（地名）
1　いつ	< 何時 >	[代名詞]	什麼時候
2　あるいて	歩いて	[副詞]	走路
0　いっしょに		[副詞]	一起
1　どうして		[副詞]	為什麼
3－9　あけまして　おめでとうございます		[寒暄語]	恭賀新禧
～から		[助詞]	因為～

會話 Ⅰ

おめでとう
ございます。
あけまして
おめでとう
ございます。

どこへ行きますか。

デパート
デパートへ
行きます。

歩いて行きますか。

いいえ、タクシーで
行きます。

中山（なかやま）：あけまして　おめでとう　ございます。

鄭（てい）：おめでとう　ございます。

中山：どこへ　行（い）きますか。

鄭：デパートへ　行（い）きます。

中山：歩（ある）いて　行（い）きますか。

鄭：いいえ、タクシーで　行（い）きます。

會話 Ⅱ

陳(ちん)　：来週(らいしゅう)は　春休(はるやす)みですね。

木村(きむら)：ええ、陳(ちん)さんは　どこへ　行(い)きますか。

陳　：わたしは　高雄(たかお)へ　帰(かえ)ります。

木村：いつ　帰(かえ)りますか。

陳　：日曜日(にちようび)　帰(かえ)ります。木村(きむら)さんも　家(うち)へ　帰(かえ)りますか。

木村：いいえ、わたしは　帰(かえ)りません。

陳　：えっ、どうしてですか。

木村：わたしは　友達(ともだち)と　いっしょに　ハワイへ　行(い)きますから。

陳　：いいですね。

木村：小林先生(こばやしせんせい)は　日本(にほん)へ　帰(かえ)りますか。

陳　：いいえ、先生(せんせい)は　帰(かえ)りません。ご両親(りょうしん)は　台湾(たいわん)へ　来(き)ます。

1. わたしは　本屋(ほんや)へ　行(い)きます。
2. 王(おう)さんは　明日(あした)　学校(がっこう)へ　来(き)ません。
3. 中山(なかやま)さんは　飛行機(ひこうき)で　日本(にほん)へ　帰(かえ)りました。
4. わたしは　クラスメートと　食堂(しょくどう)へ　行(い)きます。
5. わたしは　日曜日(にちようび)　電車(でんしゃ)で　家族(かぞく)と　いっしょに　高雄(たかお)へ　行(い)きます。

練習

1.

肯定

過去	未來、習慣
行きました 来ました 帰りました	行きます 来ます 帰ります
行きませんでした 来ませんでした 帰りませんでした	行きません 来ません 帰りません

否定

2. 例 A：どこへ　行きますか。
B：わたしは　会社へ　行きます。

(1) 郵便局

(2) アメリカ

(3) 台南（たいなん）

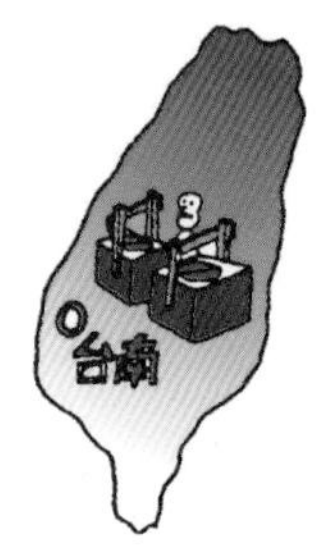

(4) 駅（えき）

3. 例 A：楊（よう）さんは　明日（あした）　学校（がっこう）へ　行（い）きますか。
B：はい、行（い）きます。
いいえ、行（い）きません。

(1) A：田中（たなか）さんは　昨日（きのう）　日本（にほん）へ　帰（かえ）りましたか。（いいえ）
(2) A：鈴木（すずき）さんは　今日（きょう）　台湾（たいわん）へ　来（き）ますか。（はい）
(3) A：小林（こばやし）さんは　火曜日（かようび）　病院（びょういん）へ　行（い）きますか。（いいえ）
(4) A：彼（かれ）は　先週（せんしゅう）　東京（とうきょう）へ　行（い）きましたか。（はい）

4. 例 A：何（なん）で　東京（とうきょう）へ　行（い）きますか。
B：地下鉄（ちかてつ）で　行（い）きます。

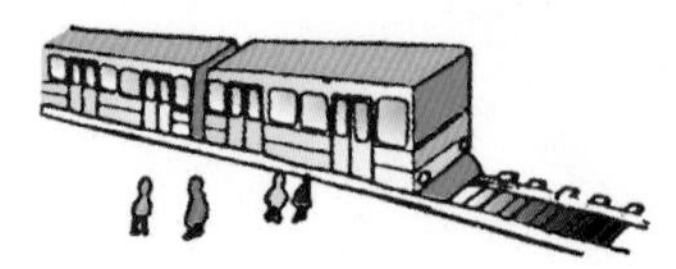

(1) 何(なん)で　大阪(おおさか)へ　行(い)きますか。（新幹線(しんかんせん)）

(2) 何(なん)で　家(うち)へ　帰(かえ)りますか。（自転車(じてんしゃ)）

(3) 何(なん)で　台北(タイペイ)へ　来(き)ましたか。（電車(でんしゃ)）

(4) 何(なん)で　ホンコンへ　行(い)きましたか。（飛行機(ひこうき)）

5. 例 A：誰(だれ)と　図書館(としょかん)へ　行(い)きますか。
　　B：林(りん)さんと　行(い)きます。

(1) 誰(だれ)と　ハワイへ　行(い)きますか。（両親(りょうしん)）
(2) 誰(だれ)と　士林(しりん)へ　行(い)きますか。（クラスメート）
(3) 誰(だれ)と　デパートへ　行(い)きましたか。（友達(ともだち)）
(4) 誰(だれ)と　台湾(たいわん)へ　来(き)ましたか。（鈴木(すずき)さん）

習題

1. 填入適當的助詞或「×」。

(1) 来週は春休みです。陳さんは高雄（　　）帰ります。日曜日帰ります。

(2) 木村さんは家（　　）帰りません。彼は友達（　　）いっしょにハワイ（　　）行きます。

(3) 中山さんは明日（　　）電車（　　）淡水（　　）行きます。

2. 填入適當的動詞時態

行きます		行きました	
			来ませんでした
	帰りません		

3. 回答下列問題

(1) あなたは　春休みに　家へ　帰りますか。

(2) あなたは　何で　学校へ　行きますか。

(3) あなたは　日曜日　学校へ　行きますか。

4. 翻譯

(1) 小林先生明天不來公司。

(2) 中山先生下星期回東京。

(3) 春假我和媽媽要搭乘新幹線去大阪。

文法説明

ア．人は　場所へ行きます。
　　　　　　　来ます。
　　　　　　　帰ります。

「へ」，助詞，表示移動的方向。與「え」同音。
行きます（去），来ます（來），帰ります（回去，回來）為移動性動詞。
前面通常加上場所名詞。
動詞的變化（請參照練習1）

	肯定	否定
未來，習慣	動詞ます	動詞ません
過去	動詞ました	動詞ませんでした

例：わたしは明日日本へ行きます。（我明天要去日本。）
林さんは昨日台北へ来ました。（林さん昨天來台北了。）
先生は病院へ行きません。（老師不去醫院。）
鈴木さんは先月国へ帰りませんでした。（鈴木先生上個月沒回國。）

イ．人は交通工具で　場所へ　行きます。
　　　　　　　　　　　来ます。
　　　　　　　　　　　帰ります。

「で」，助詞，指使用的方法、手段、工具。在此可譯成「搭乘」。
例：佐藤さんは電車で会社へ行きます。（佐藤先生搭電車上班。）
王さんはタクシーで家へ帰ります。（王小姐坐計程車回家。）
先生は昨日自転車で学校へ来ました。（老師昨天騎腳踏車來學校。）

ウ．人は　對象と　場所へ　行きます。
　　　　　　　　　　　　　来ます。
　　　　　　　　　　　　　帰ります。

「と」，助詞，指共同動作的對象。

例： 林さんは中山さんと日本へ行きます。（林先生要和中山小姐去日本。）

王さんは友達と家へ帰りました。（王太太和朋友回家去了。）

先生は昨日王先生と学校へ来ました。（老師昨天和王老師來學校。）

エ．「から」，助詞，表示原因，理由。

例： A：どうして学校へ行きませんか。（你為什麼不去學校？）

B：高雄へ行きますから。（因為我要去高雄。）

公共澡堂（銭湯）

在傳統日本社會中，公共澡堂（銭湯）、理髮店（床屋）和古井龍門陣（井戸端会議）是情感交流及交換情報的場所。

即使是在現在的日本，到處還是可以看到寫著「湯」的煙囪。鄰居好友在澡堂裸裎相見，或談國家大事，或聊民生物價，東家長西家短。感情較好的，也經常可見互相擦背，大家藉著「洗同一缸水」來增進彼此的感情。

近年，家中有浴室的家庭增加了。但是有些人每星期總還是要專程去公共澡堂泡大鍋澡一兩次。當然公共澡堂也為了要拉回顧客，努力增加設備。例如像三溫暖（サウナ）、電解池（電気風呂）、按摩池等，讓顧客們以極少的票價享受高級健康的沐浴。

第九課 9

わたしは　毎日　7時に起きます。

詞彙

1 いま	今	[名詞]	現在
1 けさ	今朝	[名詞]	今天早上
1 ごぜん	午前	[名詞]	上午
1 ごご	午後	[名詞]	下午
1 まいにち	毎日	[名詞]	每天
1 まいあさ	毎朝	[名詞]	每天早上
1 まいばん	毎晩	[名詞]	每天晚上
1 よる	夜	[名詞]	晚上
1 じゅぎょう	授業	[名詞]	上課
1 かいぎ	会議	[名詞]	會議
3 ひるやすみ	昼休み	[名詞]	午休
2 はれ	晴れ	[名詞]	晴天
1 ニュース		[名詞]	新聞（報導）
1 ドラマ		[名詞]	連續劇
1 セール		[名詞]	拍賣
3 せいもんちょう	西門町	[専有名詞]	西門町
0 おおいし	大石	[専有名詞]	大石（姓）
0 いしい	石井	[専有名詞]	石井（姓）
1 はなこ	花子	[専有名詞]	花子（名）
3 おきます	起きます	[動詞]〈一段〉	起床

2 ねます	寝ます	[動詞]〈一段〉	睡覺
5 はたらきます	働きます	[動詞]〈五段〉	工作
4 やすみます	休みます	[動詞]〈五段〉	休息
5 はじまります	始まります	[動詞]〈五段〉	開始
4 おわります	終わります	[動詞]〈五段〉	結束
6 べんきょうします	勉強します	[動詞]〈特殊〉	學習，用功，唸書
6 うんどうします	運動します	[動詞]〈特殊〉	運動
6 ジョギングします		[動詞]〈特殊〉	慢跑
3 アルバイトします		[動詞]〈特殊〉	打工
0 ほんとうに		[副詞]	真的，的確
0 それから		[接續詞]	然後
～じ	～時	[名詞]	～點（鐘）
～ふん（ぷん）	～分	[名詞]	～分（鐘）
～はん	～半	[名詞]	～點半
～から		[助詞]	從～（開始）
～まで		[助詞]	到～（結束）

大石(おおいし)　：陳(ちん)さんは　毎朝(まいあさ)　何時(なんじ)に　起(お)きますか。

陳(ちん)　　：わたしは　毎日(まいにち)　6時(ろくじ)に　起(お)きます。

大石　：今朝(けさ)も　6時(ろくじ)に　起(お)きましたか。

陳　　：いいえ、今朝(けさ)は　6時半(ろくじはん)に　起(お)きました。

會話Ⅱ

8時にバスで学校へ行きました。

学校の授業は9時からです。
1+3=
4×5=
A+B=C

昼休みは12時から
1時30分までです。

午後の授業は１時半に始まります。
私と彼

学校は4時に終わります。

それから花子と西門町で映画を見
ました。ほんとうに楽し
かったです。

わたしの1日

わたしは　今朝　6時に　起きました。6時半から　7時半まで ジョギングしました。8時に　バスで　学校へ　行きました。学校の授業は　9時からです。昼休みは　12時から　1時30分までです。午後の　授業は　1時半に　始まります。　学校は　4時に　終わります。それから　花子と　西門町で　映画を　見ました。ほんとうに　楽しかったです。

句型

1. 今　9時です。
2. わたしは　毎日　運動します。
3. わたしは　毎朝　7時に　起きます。
4. わたしは　今朝　7時に　起きました。
5. 春休みは　1日から　5日までです。
6. わたしは　月曜日から　金曜日まで　アルバイトします。

練習

1. A：今　何時ですか。

   B：今　［9時／4時半／5時10分／7時40分］　です。

2. わたしは

- 毎日(まいにち)　働(はたら)きます。
- 毎日(まいにち)　勉強(べんきょう)します。
- 毎朝(まいあさ)　ジョギングします。
- 毎晩(まいばん)　アルバイトします。

3.

陳(ちん)さん	は	10時(じゅうじ)	に	寝(ね)ます。
木村(きむら)さん		7時(しちじ)		学校(がっこう)へ　行(い)きます。
石井(いしい)さん		5月(ごがつ)		日本(にほん)へ　帰(かえ)ります。
試験(しけん)		6日(むいか)		始(はじ)まります。
セール		土曜日(どようび)		終(お)わりました。

4. 例 A：授業(じゅぎょう)は　何時(なんじ)から　何時(なんじ)までですか。
B：午前(ごぜん)　9時(くじ)から　午後(ごご)　3時半(さんじはん)までです。

(1) 昼休(ひるやす)み・am12:00~pm1:00
(2) 試験(しけん)・am10:00~pm2:00
(3) ニュース・pm7:00~pm8:00
(4) ドラマ・pm9:00~pm10:00

5.

わたしは	9時(くじ)	から	11時(じゅういちじ)	まで	勉強(べんきょう)します。
	5時(ごじ)		6時(ろくじ)		ピンポンします。
	7時(しちじ)		10時(じゅうじ)		アルバイトします。
	火曜日(かようび)		日曜日(にちようび)		働(はたら)きます。
	10日(とおか)		14日(じゅうよっか)		旅行(りょこう)します。

6. 例 A：日本語の 授業は 何時から 何時までですか。
B：午後 1時から 3時までです。

(1) 夏休みは いつから いつまでですか。（7月1日・8月31日）
(2) 春休みは いつから いつまでですか。（3月29日・4月6日）
(3) 山田さんは 何時から 何時まで 働きますか。（9時・5時）
(4) ニュースは 何時から 何時までですか。（午後6時半・7時）
(5) 林さんは 何時から 何時まで 勉強しましたか。（10時・12時）

習題

1. 以假名說明下列時間

(1) pm2:50 (2)am7:20 (3)pm4:10 (4)am8:30 (5)pm11:40 (6)am9:10

2. 填入助詞或「×」

(1) アルバイト（　　）7時（　　）9時（　　）です。

(2) わたし（　　）毎日（　　）8時（　　）学校へ行きます。

(3) 明日（　　）何時（　　）起きますか。

(4) セール（　　）6日（　　）終わりました。

(5) 今日（　　）午後（　　）休みますか。

3. 依自己的狀況回答下列問題

(1) あなたは毎日何時に起きますか。

(2) 昨日何時に寝ましたか。

(3) 学校の授業は何時からですか。

(4) 夜アルバイトしますか。

(5) 昨日の夜勉強しましたか。

(6) 今日何時に家へ帰りますか。

4. 翻譯

(1) 你每天幾點鐘唸書？

(2) 日文課從上午10點到下午2點。

(3) 你昨天在哪裡看電影？

(4) 我明天要和鈴木小姐去百貨公司。

文法說明

ア．「動詞ます形」在時態上表示「未來」和「習慣」，不可表示現在。（能力動詞和存在動詞除外）

例：7時に　起きます。可解釋為　（每天）7點鐘起床。
或（將要在）7點鐘起床。

- 「～ます」的否定形為「～ません」
- 「～ます」的過去形為「～ました」
- 「～ます」的過去否定形為「～ませんでした」

イ．助詞「に」表動作的時間

例：わたしは　12時に　寝ます。

＊ 一般帶有數字者，要加「に」，而帶有「每」字者，如「每朝」及「昨日」、「今日」、「明日」等可直接修飾，不必再加「に」。

ウ．「から」表（時間的）起點
「まで」表（時間的）終點

例：わたしは　9時から　12時まで　勉強します。

入學典禮（入学式）入社典禮（入社式）

在日本由於會計年度於 3 月 31 日結束，新的會計年度於 4 月 1 日開始，所以學校的新學期入學典禮及公司新進人員的入社典禮也大都在 4 月初舉行。

無論是學校的入學典禮或是公司的入社典禮，在日本都是極受重視的。從幼兒園到大學的入學典禮，到處可見穿著盛裝的父母來參加典禮，除了表示對典禮的慎重及子女的注重外，更是父母互別苗頭的時候。

第十課

10

鈴木さんは　喫茶店で　紅茶を　飲みます。

0 しょくじ	食事	[名詞]	吃飯
1 ごはん	ご飯	[名詞]	飯、白飯
3 あさごはん	朝ご飯	[名詞]	早飯
3 ひるごはん	昼ご飯	[名詞]	午餐
3 ばんごはん	晩ご飯	[名詞]	晚餐
1 すし	寿司・鮨	[名詞]	壽司
2 にく	肉	[名詞]	肉
1 パン		[名詞]	麵包
0 こうちゃ	紅茶	[名詞]	紅茶
1 ミルク		[名詞]	牛乳
1 テレビ		[名詞]	電視
1 ラジオ		[名詞]	收音機
2 にくや	肉屋	[名詞]	肉店
5 がくせいしょくどう	学生食堂	[名詞]	學生餐廳
2 すしや	寿司屋	[名詞]	壽司店
0 いざかや	居酒屋	[名詞]	小酒館
2 へや	部屋	[名詞]	房間
0 でんきや	電気屋	[名詞]	電器行
1 アニメ		[名詞]	卡通

0 まんが	漫画	[名詞]	漫畫
0 てがみ	手紙	[名詞]	信；書信
1 ちょう	趙	[専有名詞]	趙（姓）
0 ひま	暇	[な形容詞]	空閒
3 たべます	食べます	[動詞]〈一段〉	吃
3 のみます	飲みます	[動詞]〈五段〉	喝
3 よみます	読みます	[動詞]〈五段〉	讀書、閱讀
3 かいます	買います	[動詞]〈五段〉	買
6 ちゅうもんします	注文します	[動詞]〈特殊〉	訂購、點菜
3 ききます	聞きます	[動詞]〈五段〉	聽
3 ききます	聴きます	[動詞]〈五段〉	聽（鑑賞性質）
3 かきます	書きます	[動詞]〈五段〉	寫
2 みます	見ます	[動詞]〈一段〉	看
3 あいます	会います	[動詞]〈五段〉	見面

會話 I

石井　：趙さん、食事は。

趙　　：まだです。

石井　：食べませんか。

趙　　：ええ、食べましょう。

石井　：どこで　食べますか。

趙　　：学生食堂で　食べましょう。

會話 II

木村さん、
日曜日は暇ですか。

ええ、どう
してですか。
いっしょに食事
をしませんか。

いいですね。
何を食べますか。

日本料理は
どうですか。

寿司屋ですか、
居酒屋ですか。

寿司がいいですね。
でも、高いですよ。

佐藤　：木村さん、日曜日は　暇ですか。

木村　：ええ、どうしてですか。

佐藤　：いっしょに　食事を　しませんか。

木村　：いいですね。何を　食べますか。

佐藤　：日本料理は　どうですか。

木村　：寿司屋ですか、居酒屋ですか。

佐藤　：寿司が　いいですね。でも、高いですよ。

木村　：そうですね。じゃ、居酒屋に　しましょう。どこで　会いますか。

佐藤　：日曜日　１１時に　台北駅で　会いましょう。

木村　：そうしましょう。

句型

1. わたしは　テレビを　見ます。
2. 鈴木さんは　喫茶店で　紅茶を　飲みます。
3. いっしょに　晩ご飯を　食べませんか。
4. 帰りましょう。

練習

1. わたしはパンを食べます。

(1) ミルク・飲みます
(2) ニュース・聞きます
(3) 漫画・読みます
(4) アニメ・見ます
(5) 寿司・注文します

2. 蔡さんはレストランで昼ご飯を食べました。

(1) デパート・かばん・買いました
(2) 電気屋・テレビ・買いました
(3) 図書館・新聞・読みます
(4) 部屋・テレビ・見ます
(5) バス・音楽・聴きます

3. 例 A：どこで　朝ご飯を　食べましたか。（家）
B：家で食べました。

(1) どこで　ラジオを　買いましたか。（電気屋）
(2) どこで　ビールを　飲みましたか。（居酒屋）
(3) どこで　映画を　見ましたか。（教室）
(4) どこで　肉を　買いましたか。（肉屋）

4. いっしょにご飯を食べませんか。

(1) 映画・見ます
(2) 音楽・聴きます
(3) コーヒー・飲みます
(4) 日本語・勉強します
(5) 手紙・書きます

5. そうですね。いっしょに食べましょう。

(1) 見ます
(2) 飲みます
(3) 勉強します
(4) 行きます
(5) 帰ります
(6) 来ます

習題

1. 依照例文形式回答問題

例：Ａ：何を飲みましたか。（紅茶）

　　Ｂ：紅茶を飲みました。

(1) 何を勉強しましたか。（英語）

(2) 何を買いましたか。（すいか）

(3) 何を食べましたか。（日本料理）

(4) 何を注文しましたか。（寿司）

(5) 何を見ましたか。（映画）

2. 填入助詞（不需填寫就打 ×）

(1) わたし＿＿＿ビール＿＿＿飲みません。

(2) 昨日＿＿＿友達＿＿＿いっしょに士林＿＿＿行きました。

(3) 本田さん＿＿＿喫茶店＿＿＿コーヒー＿＿＿飲みました。

(4) Ａ：何＿＿＿注文しますか。

　　Ｂ：ビール＿＿＿注文しましょう。

3. 回答下列問題

(1) 今朝何を食べましたか。

(2) あなたはどこでそのかばんを買いましたか。

(3) 昨日どこで晩ご飯を食べましたか。

(4) いっしょに映画を見ませんか。

4. 翻譯

(1) 吃日本料理好嗎？

(2) 一起吃午飯吧。

(3) 木村先生在咖啡廳喝了紅茶。

(4) 星期天 11 點在台北車站見面吧。

(5) 在哪裡買壽司呢？

文法説明

ア．名詞＋を＋他動詞

助詞「を」表示他動詞的對象。

例：テレビを見ます。

ご飯を食べます。

イ．場所＋で＋動詞

助詞「で」表示動作施行的場所，接在場所名詞的後面。

例：教室で朝ご飯を食べます。

事務室で新聞を読みます。

ウ．動詞＋ませんか。

用詢問的語氣，邀請對方是否願意作這件事。

例：コーヒーを飲みませんか。（要不要喝杯咖啡？）

いっしょにご飯を食べませんか。（要不要一起吃個飯？）

※ 中文說「要不要」時，日文通常會用否定疑問句來表示。

エ．動詞＋ましょう。

主動勸誘對方作某件事的表現，或針對「動詞＋ませんか」的回答。

例：1. 11 時に台北駅で会いましょう。

2. A：いっしょに晩ご飯を食べませんか。

B：そうですね。いっしょに食べましょう。

賞花（花見）

日本是個四季分明的國家，每年 3 月底開始從南方的琉球（沖縄），逐漸向北延伸到整個日本列島，都可以看到繽紛美麗的櫻花（桜）盛開，日本人稱之為櫻花鋒面（桜前線）。

日本人把賞櫻花當作春季最重要的活動，每到這個時節，常可見日本人在盛開的櫻花樹下席地而坐，欣賞花開的美景。特別是在著名的賞櫻盛地，經常要先派人過去占位子，否則到了下班時間再去就來不及了。日本人習慣一邊賞花，一邊吃東西、喝酒，甚至唱卡拉 OK（カラオケ）來助興，因此才有「花より団子」（醉翁之意不在酒）的諺語。

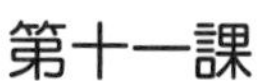

11

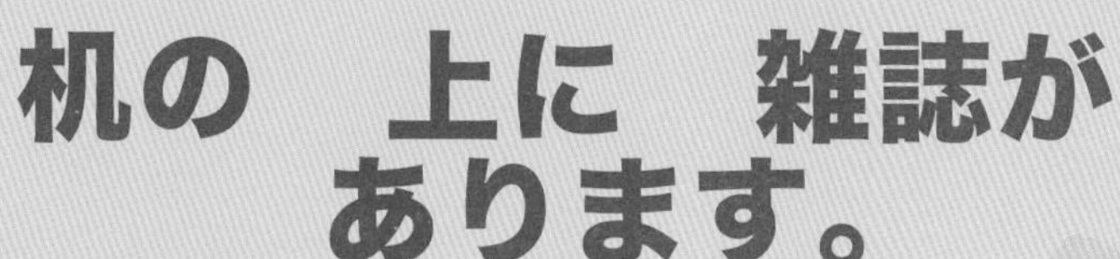

机の　上に　雑誌が　あります。

詞彙

1 ほんだな	本棚	[名詞]	書架
0 たんす	< 箪笥 >	[名詞]	衣櫃
0 ひきだし	引き出し	[名詞]	抽屜
0 こぜに	小銭	[名詞]	零錢
5 アイスクリーム		[名詞]	冰淇淋
1 ケーキ		[名詞]	蛋糕
0 こくばん	黒板	[名詞]	黑板
0 ちゅうしゃじょう	駐車場	[名詞]	停車場
1 ベッド		[名詞]	床
1 ネクタイ		[名詞]	領帶
0 ぼうし	帽子	[名詞]	帽子
0 だいどころ	台所	[名詞]	廚房
0 つくえ	机	[名詞]	書桌
0 いす	< 椅子 >	[名詞]	椅子
3 エレベーター		[名詞]	電梯
0 ゴキブリ		[名詞]	蟑螂
1 ソファー		[名詞]	沙發
2 かわ	川	[名詞]	河川
0 はこ	箱	[名詞]	箱子

0 とり	鳥	[名詞]	鳥
1 ねこ	猫	[名詞]	貓
2 いぬ	犬	[名詞]	狗
0 さかな	魚	[名詞]	魚
2 おねえさん	お姉さん	[名詞]	（別人的）姊姊
2 おにいさん	お兄さん	[名詞]	（別人的）哥哥
1 まえ	前	[名詞]	前面
0 うしろ	後ろ	[名詞]	後面
0 ひだり	左	[名詞]	左邊
0 みぎ	右	[名詞]	右邊
0 うえ	上	[名詞]	上面
0 した	下	[名詞]	下面
3 コンピューター		[名詞]	電腦
0 おうせつま	応接間	[名詞]	客廳
1 ももこ	桃子	[専有名詞]	桃子（名）
1 キム		[専有名詞]	金（韓國姓）
0 あかい	赤い	[い形容詞]	紅（的）
2 います		[動詞]〈一段〉	有，在（動物）
3 あります		[動詞]〈五段〉	有，在（非動物）
0－2 いってきます	行ってきます	[寒喧語]	我出去了
0 いってらっしゃい	行ってらっしゃい	[寒喧語]	請慢走

會話 I

すみません、
林さんはいますか。

林さんですか。
ここにいません。

じゃ、どこにいますか。

事務室へ行きました。

あ、そうですか。
どうも。

（教室（きょうしつ）で）

鈴木（すずき）：すみません、林（りん）さんは　いますか。

王（おう）：林（りん）さんですか。ここに　いません。

鈴木：じゃ、どこに　いますか。

王：事務室（じむしつ）へ　行（い）きました。

鈴木：あ、そうですか。どうも。

會話 II

小銭がありますか。

小銭はわたしの
財布の中にあります。

財布は
どこですか。

テレビの上
にありますよ。

ありがとう。
行ってきます。

行ってらっしゃい。

（家で）

太郎　：桃子、赤い　ネクタイは　どこに　ありますか。

桃子　：たんすの　中に　あります。

太郎　：ありませんよ。

桃子　：じゃ、引き出しの　中は？

太郎　：あっ、ありました。小銭が　ありますか。

桃子　：小銭は　わたしの　財布の　中に　あります。

太郎　：財布は　どこですか。

桃子　：テレビの　上に　ありますよ。

太郎　：ありがとう。行ってきます。

桃子　：行ってらっしゃい。

句型

1. 机の　上に　雑誌が　あります。
2. 教室に　先生が　います。
3. デパートは　駅の　前に　あります。
4. 佐藤さんは　事務室に　います。
5. 引き出しの　中に　修正液や　消しゴムが　あります。

練習

1. 例 ここに　りんごが　あります。

(1) アイスクリーム

(2) ソファー

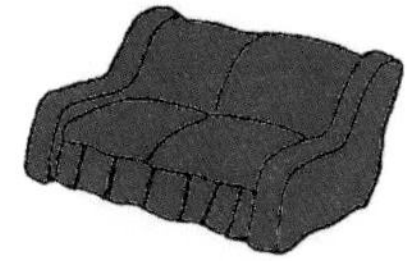

(3) ビール

(4) お茶（ちゃ）とコーヒー

(5) ケーキやパンやアイスクリーム

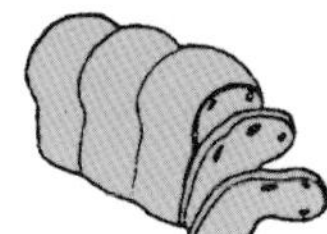

2. 例 A：本棚の　上に　何が　ありますか。
B：ラジオが　あります。

(1) テレビの　右・コンピューター
(2) 教室の　中・黒板と　いす
(3) 駅の　後ろ・スーパー
(4) デパートの　前・駐車場
(5) ベッドの　上・何も（加否定）

3. 例 A：教室に　誰が　いますか。
B：鈴木先生が　います。

(1) 台所・お姉さん
(2) トイレ・お兄さん
(3) 駐車場・佐藤さん
(4) 応接間・友達
(5) バスの　中・誰も（加否定）

4. 例 A：机の下に　何が　いますか。
B：犬が　います。

(1) 台所・ゴキブリ

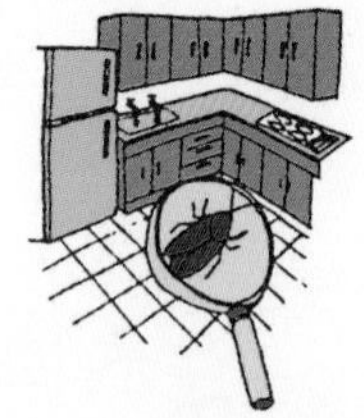

(2) 庭(にわ)・鳥(とり)

(3) 川(かわ)の中(なか)・魚(さかな)

(4) 箱(はこ)・猫(ねこ)

5. 例 A：自転車(じてんしゃ)は　どこに　ありますか。

B：部屋(へや)の中(なか)に　あります。

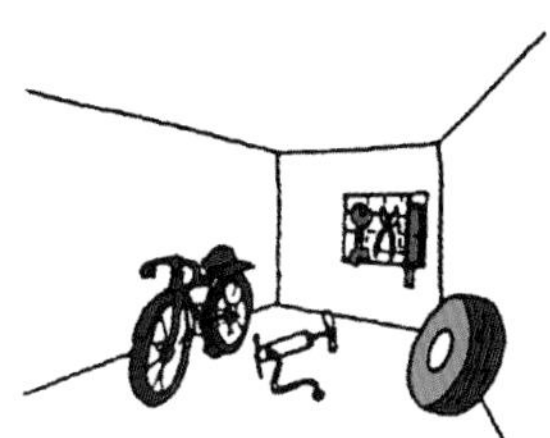

(1) ラジオ・机(つくえ)の　上(うえ)

(2) バス停(てい)・駅(えき)の　前(まえ)

(3) 帽子(ぼうし)・たんすの　中(なか)

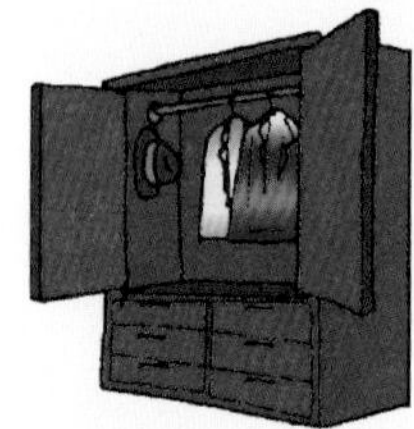

(4) 郵便局(ゆうびんきょく)・銀行(ぎんこう)の　左(ひだり)

6. 例 A：林(りん)さんは　どこに　いますか。
B：部屋(へや)に　います。

(1) 黄(こう)さん・エレベーターの　前(まえ)
(2) 本田先生(ほんだせんせい)・食堂(しょくどう)
(3) 猫(ねこ)・ベッドの　下(した)
(4) キムさん・韓国(かんこく)

習題

1. 依下圖回答問題

応接間 王さん			教　室 林さん
図書館	机	本棚	トイレ

例：A：応接間に誰がいますか。

B：王さんがいます。

(1) 応接間に何がありますか。

(2) トイレに誰がいますか。

(3) 図書館に何がありますか。

(4) 教室に誰がいますか。

2. 選出適當的助詞

(1) テレビの上（に・が・は）雑誌（に・が・は）あります。

(2) 学校は士林（で・に・は）あります。

(3) 応接間（に・は・が）太郎さん（が・は・に）います。

(4) 鈴木さん（は・に・が）図書館（に・が・は）います。

3. 從 B 欄選出最適合 A 欄的回答句

A 欄	B 欄
ア. 机の上に何がありますか。	a. 桃子さんがいます。
イ. 財布はどこにありますか。	b. 部屋にいます。
ウ. 部屋に誰がいますか。	c. 財布があります。
エ. 桃子さんはどこにいますか。	d. ソファーの下にあります。
オ. ソファーの下に何がいますか。	e. 猫がいます。

4. 以 A 或 B 句型完成句子

A. ________は________に　あります。

B. ________は________に　います。

例：学校・台北　→　学校は台北にあります。

(1) 帽子・机の上

(2) スーパー・郵便局の右

(3) 木村さん・図書館

(4) 趙さん・本屋

文法說明

存在動詞可分為：1. あります（表示非動物的存在）

2. います（表示動物的存在）

ア．地点に　名詞が　あります。

います。

「に」，助詞，表示存在的場所。

「が」，助詞，表示存在的主語。

例：応接間にソファーがあります。（客廳裡有沙發。）

郵便局の前に駐車場があります。（郵局前有停車場。）

教室に林さんがいます。（教室裡有林同學在。）

イ．名詞は　地点に　あります。

「は」，助詞，提示主語。

「に」，助詞，表示存在的場所。

例：学校は台北にあります。（學校在台北。）

ラジオはテレビの上にあります。（收音機在電視機上。）

雑誌はどこにありますか。→雑誌は本棚の上にあります。

（雜誌在哪兒？→雜誌在書櫃上。）

先生はどこにいますか。→先生は図書館にいます。

（老師在哪兒？→老師在圖書館。）

林さんはどこにいますか。→林さんは事務室にいます。

（林同學在哪兒？→林同學在辦公室。）

黃金週（ゴールデンウィーク）

4月29日是昭和日（昭和の日），5月3日是憲法紀念日（憲法記念日），5月4日是植樹節（みどりの日），5月5日是兒童節（子供の日），為期一星期的連續假期被稱為黃金週。對現代人而言，黃金週是海外旅行的最佳時機。5月5日的兒童節在以前被稱為端午節（端午の節句），是為了慶祝男孩子的成長，只要是有男孩子的家庭，都會懸掛鯉魚旗（鯉幟），並在家裡擺設武士娃娃（武者人形）及頭盔（兜）。

第十二課

12

学生が　二人　います。

2	ひとり	1 人	[數量詞]	一個人
0	ふたり	2 人	[數量詞]	二個人
1	なんにん	何人	[數量詞]	幾個人
0	ふたつ	2 つ	[數量詞]	二個
1	いくつ	< 幾 > つ	[數量詞]	幾個
1	いっぽん	1 本	[數量詞]	一支（數細長東西）
1	にほん	2 本	[數量詞]	二支
1	なんぼん	何本	[數量詞]	幾支
2	いちまい	1 枚	[數量詞]	一張（數薄的東西）
1	にまい	2 枚	[數量詞]	二張
1	なんまい	何枚	[數量詞]	幾張
2	いちだい	1 台	[數量詞]	一台（數機器、車輛）
1	にだい	2 台	[數量詞]	二台
1	なんだい	何台	[數量詞]	幾台
1	こんや	今夜	[名詞]	今晚
0	こども	子ども	[名詞]	小孩
2	たまご	卵	[名詞]	雞蛋
3	きって	切手	[名詞]	郵票
2	スカート		[名詞]	裙子

1 プリン		[名詞]	布丁
1 ピザ		[名詞]	披薩
2 デザート		[名詞]	點心、甜點
1 ジュース		[名詞]	果汁
0 かいじょう	会場	[名詞]	會場
2 じどうしゃ	自動車	[名詞]	汽車
3 ウーロンちゃ	ウーロン茶	[名詞]	烏龍茶
3 おんなのこ	女の子	[名詞]	女孩子
3 おとこのこ	男の子	[名詞]	男孩子
2 かみ	紙	[名詞]	紙
3 あたま	頭	[名詞]	頭
3 れいぞうこ	冷蔵庫	[名詞]	冰箱
1 りゅう	劉	[専有名詞]	劉（姓）
2 いたい	痛い	[い形容詞]	痛（的）
3 だいじょうぶ	大丈夫	[な形容詞]	沒問題，不要緊
0 たいへん	大変	[な形容詞]	傷腦筋，嚴重
0 おだいじに	お大事に	[寒暄語]	請保重

※ 數量詞請參考附錄 P195。

會話 I

今夜のパーティーに
何人来ますか。

そうですね。
6人来ます。

飲み物は
どうしますか。

ジュースを6本、
ビールを4本買いましょう。

食べ物は？

ピザは
どうですか。
いいですね。
ピザを
注文しましょう。

（会場で）

木村　：今夜の　パーティーに　何人　来ますか。

郭　　：そうですね。6人　来ます。

木村　：飲み物は　どうしますか。

郭　　：ジュースを　6本、ビールを　4本　買いましょう。

木村　：食べ物は？

郭　　：ピザは　どうですか。

木村　：いいですね。ピザを　注文しましょう。

郭　：ええと、8人（はちにん）ですから、3枚（さんまい）　注文（ちゅうもん）しましょう。

木村：デザートは？

郭　：プリンです。プリンを　8つ（やっつ）　買（か）いました。

木村：これで　大丈夫（だいじょうぶ）ですね。

會話 II

劉(りゅう)　：ゆうべ　楽(たの)しかったですね。

郭(かく)　：そうですね。最高(さいこう)でした。

劉　：郭(かく)さんは　ビールを　何本(なんぼん)　飲(の)みましたか。

郭　：何本(なんぼん)も　飲(の)みました。

　　だから、頭(あたま)が　痛(いた)いです。

劉　：それは　大変(たいへん)ですね。お大事(だいじ)に。

句型

1. 学生(がくせい)が　2人(ふたり)　います。
2. 部屋(へや)に　テレビが　3台(さんだい)　あります。
3. 切符(きっぷ)を　4枚(よんまい)　ください。
4. ケーキを　2つ(ふた)　食(た)べました。

練習

1. 數數看

(1) りんご・いつつ

(2) 自動車（じどうしゃ）・6台（ろくだい）

(3) スカート・7枚（ななまい）

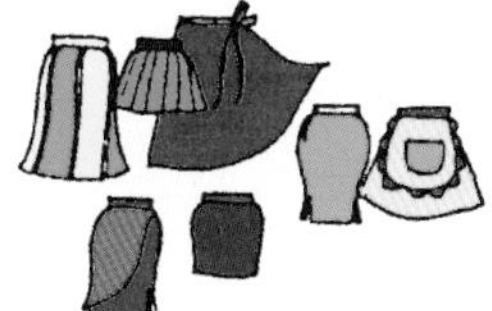

(4) 人（ひと）・3人（さんにん）

(5) ジュース・8本（はっぽん）

2. 例 A：台所(だいどころ)に　女の子(おんなのこ)が　何人(なんにん)　いますか。
B：4人(よにん)　います。

(1) 学生(がくせい)・5人(ごにん)
(2) 先生(せんせい)・6人(ろくにん)
(3) 子(こ)ども・20人(にじゅうにん)
(4) 男の子(おとこのこ)・8人(はちにん)

3. 冷蔵庫(れいぞうこ)に　［すいか／ウーロン茶／ピザ／卵(たまご)／りんご］　が　［1つ(ひとつ)／2本(にほん)／6枚(ろくまい)／6つ(むっつ)］　あります。
［いくつ］　ありますか。

4. 例 切手(きって)を　10枚(じゅうまい)　ください。

(1) 鉛筆(えんぴつ)・6本(ろっぽん)
(2) 消(け)しゴム・3つ(みっつ)
(3) 紙(かみ)・1枚(いちまい)
(4) カメラ・2台(にだい)

5. 例 りんごを　3つ(みっつ)　買(か)いました。

(1) ジュース・1本(いっぽん)・飲(の)みました
(2) ケーキ・4つ(よっつ)・食(た)べました
(3) 切手(きって)・5枚(ごまい)・買(か)いました
(4) 映画(えいが)・2本(にほん)・見(み)ました

習題

1. 請在____填入適當的助詞、〈　〉填入適當的數量詞

(1) わたし____郵便局____切手____〈　　　〉買いました。

(2) 机の上____プリン____〈　　　〉あります。

(3) 部屋____女の子____〈　　　〉います。

(4) わたしは先生____レストラン____ビール____　〈　　　〉飲みました。

2. 連連看

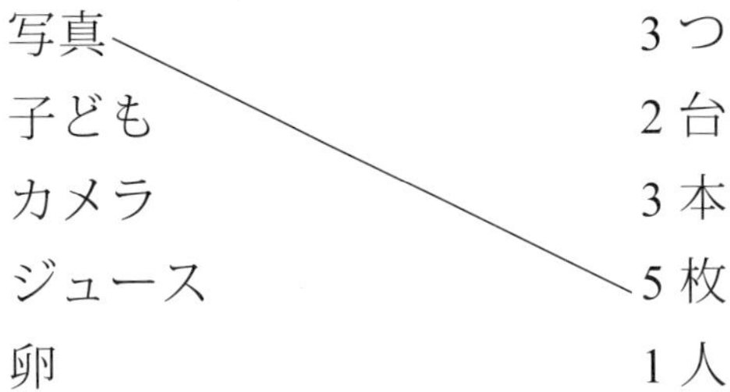

3. 重組

(1) を／3つ／りんご／ください／

(2) あります／台所／冷蔵庫／に／が／4台／

(3) 今朝／ジュース／飲みました／5本／を／

(4) 2人／に／先生／事務室／が／います／

4. 翻譯

(1) 請給我五張郵票。

(2) 房間裡有九位女生。

(3) 買了三台照相機。

(4) 吃了五個雞蛋。

數量詞用法

ア.

枚	台	～つ	人	本
スカート	カメラ	りんご	先生	鉛筆
ハンカチ	ラジオ	みかん	学生	ボールペン
紙、お皿	自動車	消しゴム	女、男	ビール、ビデオ
シャツ	機械	卵、石	子ども	ジュース
ブラウス		茶碗	友達	ウーロン茶

本	ほん	ぼん	ぽん
	2、4、5、7、9	3、何	1、6、8、10

イ. 數量詞置於動詞之前時，可作為副詞直接修飾動詞。

例：りんごを　四つ食べました。（吃了四個蘋果。）

　　教室に　先生が　一人います。（教室裡有一位老師。）

富士山（富士山（ふじさん））

富士山為日本最高的山，高達 3776 公尺，原文是不二山，原意為不二高峰。因為周圍沒有其他的山，所以可以從海平面一直看到山頂。富士山有幾個特色。第一，無論從哪一個角度看，它的形狀皆相同，所以其周遭有很多地名都稱作富士見（富士見（ふじみ）），意指在任何地方都能看到富士山。其二，富士山的上面，不生長任何的樹和草。其三，為富士山的山頂都覆蓋著白雪。

據説富士山為日本人的精神象徵，日本人也會把一睹富士山作為一生中最重要的事情。

memo

第十三課

13

わたしは　携帯電話が欲しいです。

詞彙

0 くるま	車	[名詞]	汽車
3 ぎんこういん	銀行員	[名詞]	銀行員
1 しゅふ	主婦	[名詞]	家庭主婦
0 しゃちょう	社長	[名詞]	社長，公司總經理
3 サラリーマン		[名詞]	上班族，薪水階級
4 キャリアウーマン		[名詞]	職業婦女，女強人
4 りょこうがいしゃ	旅行会社	[名詞]	旅行社
5 ぼうえきがいしゃ	貿易会社	[名詞]	貿易公司
1 しょうらい	将来	[名詞]	將來
0 にっけい	日系	[名詞]	日裔，日本系統
1 じんじゃ	神社	[名詞]	神社
5 けいたいでんわ	携帯電話	[名詞]	行動電話
0 ファミコン		[名詞]	電視遊樂器
4 ビデオカメラ		[名詞]	攝影機
1 バイク		[名詞]	機車
1 かのじょ	彼女	[名詞]	她，女朋友

0 ビーエム	BM（BMW 的俗稱）	[名詞]	寶馬牌汽車
0 やさい	野菜	[名詞]	青菜
3 たんじょうび	誕生日	[名詞]	生日
0 だいがく	大学	[名詞]	大學
0 こうえん	公園	[名詞]	公園
0 パソコン		[名詞]	個人電腦
3 ヨーロッパ		[専有名詞]	歐洲
1 こ	胡	[専有名詞]	胡（姓）
1 そん	孫	[専有名詞]	孫（姓）
1 よう	葉	[専有名詞]	葉（姓）
2 たかはし	高橋	[専有名詞]	高橋（姓）
1 しむら	志村	[専有名詞]	志村（姓）
1 りえ	理恵	[専有名詞]	理惠（名）
2 ほしい	欲しい	[い形容詞]	想要（的）
3 なります		[動詞]〈五段〉	成為，變成
4 はいります	入ります	[動詞]〈五段〉	進入
3 だします	出します	[動詞]〈五段〉	寄出，交出
5 がんばります	頑張ります	[動詞]〈五段〉	努力，加油
4 つかれます	疲れます	[動詞]〈一段〉	疲倦
5 りょこうします	旅行します	[動詞]〈特殊〉	旅行
6 りゅうがくします	留学します	[動詞]〈特殊〉	留學
6 けっこんします	結婚します	[動詞]〈特殊〉	結婚
6 かんこうします	観光します	[動詞]〈特殊〉	觀光
5 さんぽします	散歩します	[動詞]〈特殊〉	散步
1 ショッピングします		[動詞]〈特殊〉	購物

會話 Ⅰ

車が欲しいですね。

どんな車が
欲しいですか。

BMW
ＢＭが欲しいです。

胡さんは？

わたしは車より、
彼女が欲しいですね。

高橋　：車が　欲しいですね。

胡　　：どんな　車が　欲しいですか。

高橋　：ＢＭが　欲しいです。胡さんは？

胡　　：わたしは　車より、彼女が　欲しいですね。

會話 II

孫　：葉さんは　将来　何をしますか。

葉　：わたしは　キャリアウーマンに　なりたいです。

孫　：どんな　会社に　入りたいですか。

葉　：日系の　貿易会社に　入りたいです。

孫　：日系？　どうしてですか。

葉　：日本語が　好きですから。孫さんは？

孫　：わたしは　日本へ　行きたいです。

葉　：何を　しに　行きますか。

孫　：留学(りゅうがく)に　行(い)きたいです。

葉　：何(なに)を　勉強(べんきょう)したいですか。

孫　：経営学(けいえいがく)です。

葉　：そうですか。頑張(がんば)ってください。

孫　：頑張(がんば)りましょう。

句型

1. わたしは　携帯電話(けいたいでんわ)が　欲(ほ)しいです。
2. わたしは　映画(えいが)を（が）　見(み)たいです。
3. 本田(ほんだ)さんは　喫茶店(きっさてん)へ　コーヒーを　飲(の)みに　行(い)きます。
4. 志村(しむら)さんは　台湾(たいわん)へ　観光(かんこう)に　来(き)ます。

練習

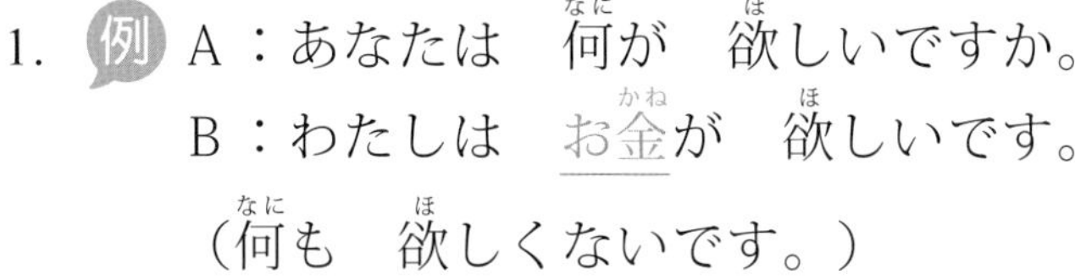

1. 例 A：あなたは　何（なに）が　欲（ほ）しいですか。
   B：わたしは　お金（かね）が　欲（ほ）しいです。
   （何（なに）も　欲（ほ）しくないです。）

   (1) 友達（ともだち）
   (2) ビデオカメラ
   (3) バイク
   (4) ファミコン

2. 飲（の）みます　→　飲（の）みたいです　→　飲（の）みたくないです
   食（た）べます　→　　→
   見（み）ます　→　　→
   休（やす）みます　→　　→
   行（い）きます　→　　→
   旅行（りょこう）します　→　　→

3. 例 わたしは　理恵（りえ）に　会（あ）います。
   →わたしは　理恵（りえ）に　会（あ）いたいです。

   (1) 飛行機（ひこうき）に　乗（の）ります
   (2) ここに　います
   (3) 漫画（まんが）を　読（よ）みます
   (4) フランス語（ご）を　勉強（べんきょう）します

4. 例 A：どこの　大学に　入りたいですか。
　　B：台北大学に　入りたいです。

(1) どこで　働きますか。（TKS）
(2) 何で　行きますか。（新幹線）
(3) 何を　飲みますか。（ジュース）
(4) どんな　雑誌を　読みますか。（車の雑誌）

5. わたしは　［サラリーマン／キャリアウーマン／銀行員／主婦／社長］　になりたいです。
　　あなたは　［何］　になりたいですか。

6. 例 A：あなたは　本屋へ　何を　しに　行きますか。
　　B：本を　買いに　行きます。

(1) スーパー・野菜を買います
(2) 学校・先生に会います
(3) 郵便局・手紙を出します
(4) 公園・散歩します
(5) ホンコン・ショッピングします

習題

1. 依自己的狀況回答下列問題

(1) あなたは将来何になりたいですか。

(2) 誕生日に何が欲しいですか。

(3) 夏休みにどこへ行きたいですか。

(4) どんな人と結婚したいですか。

(5) 今日の晩ご飯、何を食べたいですか。

2. 在【　】內填入疑問詞，在（　）內填入助詞

(1) A：田中さんは台湾へ【　】（　）しに来ましたか。
　　B：観光（　）来ました。

(2) A：【　】パソコン（　）欲しいですか。
　　B：小さいパソコン（　）欲しいです。

(3) 冬休みに【　】（　）行きたいですか。

(4) 将来【　】（　）なりたいですか。

(5) 【　】会社（　）働きたいですか。

3. 在（　　）內填入適當的動詞，並改成適當的形式

(1) 将来銀行員に（　　）たいです。

(2) 疲れましたから、家へ（　　）たいです。

(3) 新しいカメラを（　　）たいです。

(4) わたしは日本へ理恵さんに（　　）に行きます。

(5) わたしは士林へ映画を（　　）に行きます。

(6) 劉さんは何を（　　）に来ますか。

4. 翻譯

(1) 我不想要照相機。

(2) 我想要唸法文。

(3) 我不想搭飛機。

(4) 我想要去日本見本田小姐。

文法說明

ア．表示「希望」的句型有 2 種：1. 希望得到、2. 想要（做）……

1. 希望得到手

「人は　〈名詞〉が　欲しいです」（可譯為：想要…）

例：わたしは　車が　欲しいです。（我想要一輛車）

（* 助詞為「が」）

2. 想要（做）……

「人は　動詞~~ます~~＋たいです」

例：わたしは　車を　買いたいです。（買い~~ます~~＋たいです→買いたいです）（我想買車。）

（* 此句的助詞「を」可以改成「が」）

イ．「動詞~~ます~~＋に＋移動性動詞」（「に」表示移動的目的）

例：わたしは　本屋へ　本を　買いに　行きます。

（可譯為：我要去書店買書。）

* 「勉強します」這類動詞可直接將「します」去掉，加「に」加「移動性動詞」

わたしは　図書館へ　勉強に　行きます。或「勉強しに　行きます」

* 疑問的「何をしますか」時

去掉「ます」之後＋に行きます

→何をしに行きますか。（去做什麼事？）

ウ．「～から……」（「から」表原因）

「から」之前可接名詞、い形容詞、な形容詞、動詞

名詞	ですから	例：雨ですから、行きません。 （因為下雨所以不去。）
い形容詞	ですから	例：安いですから、買いました。 （因為便宜所以買。）
な形容詞	ですから	例：日本料理が好きですから、よく食べます。 （因為喜歡日本料理，所以常吃。）
動詞	ますから	例：雨が降りますから、家にいます。 （因為會下雨，所以待在家裡。）

神社（神社）

神社是日本神道的祭祀場所。當走進鳥居（鳥居）時，便表示已經進入神聖的神社。人們會在手水屋（手水屋）洗手並漱口，代表清洗凡世的不淨，帶著沉靜的心情進入神社。在神社裡，先將賽錢（通常是五円）投進賽錢箱（賽銭箱）中，以求與神有緣。在神社裡，可藉搖鈴雙手拍掌二下祈禱，或將心願寫在繪馬（絵馬）上，以期達成自己的心願。日本人習慣在神社拜拜完抽籤（御神籤）卜吉凶，如果抽中不祥的神籤，則可以繫在神社裡的樹上。

memo

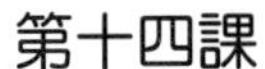

第十四課

14

すみませんが、写真を撮って　くださいませんか。

詞彙

3　のります	乗ります	[動詞]〈五段〉	搭乘
3　いいます	言います	[動詞]〈五段〉	說，講
3　まちます	待ちます	[動詞]〈五段〉	等待
3　みせます	見せます	[動詞]〈一段〉	給人家看
4　おしえます	教えます	[動詞]〈一段〉	教導
4　うたいます	歌います	[動詞]〈五段〉	唱歌
3　かします	貸します	[動詞]〈五段〉	借 (lend)
4　いそぎます	急ぎます	[動詞]〈五段〉	匆忙，急忙
3　おします	押します	[動詞]〈五段〉	按，押
3　とります	撮ります	[動詞]〈五段〉	拍照
3　いれます	入れます	[動詞]〈一段〉	加入，泡（茶等）
3　かります	借ります	[動詞]〈一段〉	借 (borrow)
3　しにます	死にます	[動詞]〈五段〉	死
1－2　コピーします		[動詞]〈特殊〉	影印
1－2　サインします		[動詞]〈特殊〉	簽名
6　かいものします	買物します	[動詞]〈特殊〉	購物
3　かんこうち	観光地	[名詞]	觀光勝地
1　チーズ		[名詞]	乳酪（在此指拍照時微笑）

0 さいきん	最近	[名詞]	最近
0 りょかん	旅館	[名詞]	日本式旅館
1 ホテル		[名詞]	西洋式旅館
0 なまえ	名前	[名詞]	姓名，名字
1 シャッター		[名詞]	快門
1 こえ	声	[名詞]	（人、動物等的）聲音
0 にんき	人気	[名詞]	受歡迎
0 ほか		[名詞]	其他
2 おふろ	お風呂	[名詞]	浴室
0 ばしょ	場所	[名詞]	場所，地點
4 でんわばんごう	電話番号	[名詞]	電話號碼
0 みち	道	[名詞]	道路
1 ツアー		[名詞]	旅遊（多指旅行團的旅遊）
0 しごと	仕事	[名詞]	工作
3 ほっかいどう	北海道	[専有名詞]	北海道
5 ディズニーランド		[専有名詞]	迪士尼樂園
1 ご	呉	[専有名詞]	吳（姓）
0 いけだ	池田	[専有名詞]	池田（姓）
0 もういちど	もう一度	[副詞]	再一次
3 ゆっくり		[副詞]	慢慢地
1 ちょっと		[副詞]	一下子，一點點
2 いかが		[副詞]	如何、怎麼樣
6 おねがいします	お願いします	[寒暄語]	拜託

會話 I

（観光地(かんこうち)で）

廖(りょう)　：すみませんが、写真(しゃしん)を　撮(と)って　くださいませんか。

池田(いけだ)：いいですよ。はい、チーズ。

廖　：どうも　ありがとう　ございました。

池田：いいえ、どういたしまして。

會話 II

あのう、日本へ
行きたいですが。

日本ですか。これは
最近人気のツアーです。
見てください。

このツアーはディズニー
ランドへ行きますか。

ええ、東京へ行って、
それからディズニー
ランドへ行きます。

京都も
行きますか。
はい、新幹
線に乗って、
京都へ行きます。

新幹線？いいですね。
京都のどこが
面白いですか。

（旅行会社(りょこうがいしゃ)で）

呉(ご)　：あのう、日本(にほん)へ　行(い)きたいですが。

本田(ほんだ)：日本(にほん)ですか。これは　最近(さいきん)　人気(にんき)の　ツアーです。
見(み)て　ください。

呉　：この　ツアーは　ディズニーランドへ　行(い)きますか。

本田：ええ、東京(とうきょう)へ　行(い)って、それから　ディズニーランドへ　行(い)きます。

呉　：京都(きょうと)も　行(い)きますか。

本田　：はい、新幹線に　乗って、京都へ　行きます。

呉　　：新幹線？いいですね。

　　　　京都の　どこが　面白いですか。

本田　：京都駅は　人気が　ありますよ。

呉　　：ほかには？

本田　：温泉にも　入ります。

呉　　：いいですね。

句型

1. わたしは　会社へ　行って　仕事をします。
2. 見せて　ください。
3. ノートを　貸して　くださいませんか。

練習

1. 〈一段動詞〉

見(み)ます　→　見(み)て
起(お)きます　　起(お)きて
います　　いて
寝(ね)ます　　寝(ね)て
食(た)べます　　食(た)べて
見(み)せます　　見(み)せて

〈特殊動詞〉

来(き)ます　→　来(き)て
します　　して
勉強(べんきょう)します　　勉強(べんきょう)して
買(か)い物(もの)します　　買(か)い物(もの)して
運動(うんどう)します　　運動(うんどう)して

〈五段動詞〉

買(か)います　→　買(か)って
乗(の)ります　　乗(の)って
書(か)きます　　書(か)いて
待(ま)ちます　　待(ま)って
死(し)にます　　死(し)んで
飲(の)みます　　飲(の)んで

2. 例 ご飯(はん)を　食(た)べます・学校(がっこう)へ　行(い)きます
　→わたしは　ご飯(はん)を　食(た)べて、学校(がっこう)へ　行(い)きます。

(1) 図書館へ　行きます・本を　借ります
(2) 飛行機に　乗ります・日本へ　行きます
(3) 勉強します・お風呂に　入ります
(4) デパートへ　行きます・かばんを　買います

3. 例 道を　教えます
→道を　教えてください。

(1) 先生を　待ちます
(2) シャッターを　押します
(3) 日本の　歌を　歌います
(4) 写真を　見せます
(5) これを　コピーします

4. すみませんが、［ゆっくり言って／写真を　撮って／ちょっと　待って／名前を　書いて／サインして］くださいませんか。

5. A：写真を　撮りましょうか。
B：はい、お願いします。

(1) この　雑誌を　貸します
(2) 場所を　教えます
(3) 電話番号を　書きます
(4) お茶を　入れます

習題

1. 把下列動詞改成て形

書きます　→
見ます
飲みます
食べます
読みます
買います
乗ります
います
かけます
来ます
入ります
旅行します

2. 填充或修正

(1)（　　）、写真（　　）撮ってくださいませんか。
(2) 新幹線（　　）　（乗ります—　　　　）東京（　　）行きます。
(3) 京都は人気（　　）ありますよ。
(4) 晩ごはんを（食べます—　　　　）お風呂（　　）入ります。

3. 依照例文形式回答問題

例：学校へ行きます・日本語を勉強します。
　　→学校へ行って、日本語を勉強します。
(1) 新聞を読みます・テレビを見ます
(2) 教室に入ります・彼女と勉強しました
(3) りんごを買います・家へ帰りました
(4) 本を借ります・教室に入ります

4. 以日文回答下列問題

(1) すみませんが、写真を撮ってくださいませんか。

(2) コーヒーはいかがですか。

(3) どうもありがとうございました。

(4) 名前を書きましょうか。

文法說明

日文的動詞分為三類：1. 一段動詞、2. 特殊動詞、3. 五段動詞。

ア . 動詞て形的變化

1. 一段動詞

見ます　→　見て

食べます　→　食べて

2. 特殊動詞

来ます　→　来て

します　→　して

勉強します　→　勉強して

3. 五段動詞改為て形時，會產生音便。

(1)促音便（ます形字尾為ち、い、り者）

待ちます　→　待って

買います　→　買って

乗ります　→　乗って

(2)い音便（ます形字尾為き、ぎ者）

聞きます　→　聞いて

急ぎます　→　急いで（字尾為ぎ時，→で）

(3)鼻音便（ます形字尾為び、み、に者）

呼びます　→　呼んで

飲みます　→　飲んで

死にます　→　死んで

(4)不變化（ます形字尾為し者）

貸します → 貸して

押します → 押して

(5)例外

行きます → 行って

※本應為い音便

イ．動詞て形＋ください（請…）

委婉地請求對方做某件事。更委婉的說法是用「動詞＋てくださいませんか。」

例：新聞を見せてください。（報紙請借我看一下。）

ちょっと待ってくださいませんか。（請等一下好嗎？）

ウ．むすんでひらいて

這是日本一首很有名的童謠，其歌詞有助於同學背五段動詞的音便。

結(むす)んで　開(ひら)いて
手(て)を打(う)って　結(むす)んで
また開(ひら)いて　手(て)を打(う)って

結(むす)んで　開(ひら)いて
手(て)を打(う)って　結(むす)んで
また開(ひら)いて　手(て)を打(う)って

その手(て)を上(うえ)に
結(むす)んで　開(ひら)いて
手(て)を打(う)って　結(むす)んで

その手(て)を下(した)に
結(むす)んで　開(ひら)いて
手(て)を打(う)って　結(むす)んで

※ 結(むす)びます→結(むす)んで（鼻音便）
開(ひら)きます→開(ひら)いて（い音便）
打(う)ちます→打(う)って（促音便）

此首童謠歌譜如下：

♩= 120 前奏4小節
作詞 不明／作曲 ジャン・ジャック・ルソー
む す ー ん で ひ ら い ー て て を う っ て む ー す ん で
ま た ひ ら い て て を う っ て そ の ー て を う え に
む す ー ん で ひ ら い ー て て を ー う っ て む ー す ん で

祭典（祭り）

日本是個很重視祭典的國家，春天有春祭，夏天有夏祭，秋天還有豐年祭。目前日本比較常見的祭典則為夏天的祭典。祭典多在神社（神社）中舉行，一到晚上，常可見日本人不分男女老幼到神社去拜拜，祈求全家平安幸福。有些日本女孩子還穿著顏色鮮豔的輕便和服（浴衣），腳上穿著木屐（下駄）婀娜多姿地穿梭其間。和台灣一樣，熱鬧的地方少不了許多攤販（屋台）。當然小朋友到神社的目的並不在拜拜，而是在於去攤販玩撈金魚（金魚掬い）等遊戲或買玩具、吃棉花糖（綿飴）。日本の三大祭典（三大祭り）是京都的祇園祭（祇園祭）、大阪的天神祭（天神祭り）和東北的ねぶた祭り，據說每年參加的人數都高達數百萬人。

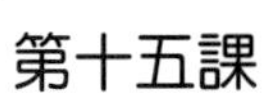

第十五課

15

郭さんは　今　テレビを見て　います。

詞彙

3 すいます	吸います	[動詞]〈五段〉	吸菸，吸
4 あらいます	洗います	[動詞]〈五段〉	洗
3 かけます	掛けます	[動詞]〈一段〉	打（電話），戴（眼鏡）
2 きます	着ます	[動詞]〈一段〉	穿（上衣）
4 つくります	作ります	[動詞]〈五段〉	做，製作
4 ふとります	太ります	[動詞]〈五段〉	發胖
3 とります	取ります	[動詞]〈五段〉	取，拿
4 おくります	送ります	[動詞]〈五段〉	傳送（傳真）
5 そうじします	掃除します	[動詞]〈特殊〉	打掃
3 しめます	締めます	[動詞]〈一段〉	打（領帶）
3 はきます	履（穿）きます	[動詞]〈五段〉	穿（鞋、褲子、襪子）
4 かぶります	被ります	[動詞]〈五段〉	戴（帽子）
4 おぼえます	覚えます	[動詞]〈一段〉	記得
4 つとめます	勤めます	[動詞]〈一段〉	工作
3 しります	知ります	[動詞]〈五段〉	認識
3 すみます	住みます	[動詞]〈五段〉	居住
3 もちます	持ちます	[動詞]〈五段〉	擁有，持有
1 おくさん	奥さん	[名詞]	太太、夫人

[1] て	手	[名詞]	手
[0] でんわ	電話	[名詞]	電話
[2] ふく	服	[名詞]	衣服
[2] さとう	砂糖	[名詞]	砂糖
[1] ファックス		[名詞]	傳真，傳真機
[1] セーター		[名詞]	毛衣
[1] ジーンズ		[名詞]	牛仔褲
[2] スニーカー		[名詞]	運動鞋
[1] じゅうしょ	住所	[名詞]	地址
[0] かっこう	< 恰好 >	[名詞]	樣子，裝扮
[1] ぼく	僕	[代名詞]	我（男性用語）
[1] どのひと	どの人	[代名詞]	哪個人，誰
[1] さかい	酒井	[專有名詞]	酒井（姓）
[1] そう	莊	[專有名詞]	莊（姓）
[1] しゃ	謝	[專有名詞]	謝（姓）
[1] ほら		[感嘆詞]	你看
[1] もしもし		[感嘆詞]	喂喂（電話用語）
[4] いっしょけんめい		[副詞]	拼命
[1] けっこう		[副詞]	相當

會話 Ⅰ

もしもし、陳ですが、
本田さんはいますか。

僕です。
こんにちは。

本田さんは
今何を
していますか。

勉強しています。

何を勉強
していますか。

中国語を勉強
しています。
中国語

陳　：もしもし、陳ですが、本田さんは　いますか。

本田：僕です。こんにちは。

陳　：本田さんは　今　何を　していますか。

本田：勉強して　います。

陳　：何を　勉強して　いますか。

本田：中国語を　勉強して　います。

會話 II

はい、隣でジュースを飲んでいます。

本田さんは。
台所で料理を作っています。

あの人を知っていますか。
どの人ですか。

ほら、見て、あの人ですよ。いっしょけんめい料理を取っています。

けっこう太っていますね。

僕の彼女です。

（パーティーで）

酒井：いい　パーティーですね。
荘：そうですね。食べ物も　おいしいですね。
酒井：先生は　どこですか。
荘：ほら、あそこで　たばこを　吸って　います。
酒井：先生の　奥さんも　来て　いますか。
荘：はい、隣で　ジュースを　飲んで　います。
酒井：本田さんは。
荘：台所で　料理を　作って　います。
酒井：あの人を　知って　いますか。
荘：どの人ですか。
酒井：ほら、見て、あの人ですよ。いっしょけんめい　料理を　取って　います。
荘：ああ。
酒井：けっこう　太って　いますね。
荘：僕の　彼女です。

句型

1. 郭さんは　今　テレビを　見て　います。
2. 佐藤さんは　赤い　服を　着て　います。
3. わたしは　台北に　住んで　います。

練習

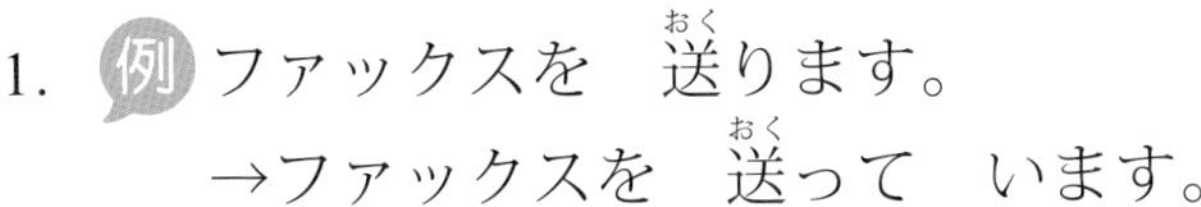

1. 例 ファックスを 送(おく)ります。
　→ファックスを 送(おく)って います。

(1) 手紙(てがみ)を 書(か)きます。

(2) ご飯(はん)を 食(た)べます。

(3) 新聞(しんぶん)を 読(よ)みます。

(4) 友達(ともだち)を 待(ま)ちます。

(5) 勉強(べんきょう)します。

2. 例 A：林(りん)さんは 何(なに)を して いますか。
　B：音楽(おんがく)を 聴(き)いて います。

(1) 写真(しゃしん)を 撮(と)ります。

(2) ジュースを 飲(の)みます。

(3) 手(て)を　洗(あら)います。

(4) 掃除(そうじ)します。

(5) 電話(でんわ)を　掛(か)けます。

3. 例 A：田中(たなか)さんは　どんな　かっこうを　して　いますか。
B：セーターを　着(き)て　います。

(1) めがねを　掛(か)けます。

(2) ネクタイを　締(し)めます。

(3) ジーンズを　はきます。

(4) 帽子(ぼうし)を　被(かぶ)ります。

4. 例 A：豊田(とよた)さんは　来(き)て　いますか。
B：はい、来(き)て　います。
いいえ、来(き)て　いません。

(1) 太郎は　起きて　いますか。（はい）

(2) 謝さんは　結婚して　いますか。（いいえ）

(3) 陳さんの　住所を　覚えて　いますか。（はい）

(4) あの　ゴキブリが　死んで　いますか。（いいえ）

(5) この　コーヒーに　砂糖が　入って　いますか。（はい）

5. 例 A：林さんは　カメラを　持って　いますか。

B：はい、持って　います。

いいえ、持って　いません。

(1) 田中さんは　東京に　住んで　いますか。（はい）

(2) 林さんを　知って　いますか。（いいえ）

(3) 荘さんは　お金を　持って　いますか。（はい）

(4) 木村さんは　東京銀行に　勤めて　いますか。（いいえ）

習題

1. 看圖回答下列問題

(1) (2) (3)

(4) (5)

(1) 林さんは何をしていますか。

(2) 王さんは何をしていますか。

(3) 木村さんはテレビを見ていますか。

(4) 佐藤さんは何をしていますか。

(5) 謝さんは何をしていますか。

2. 翻譯

(1) 老師已經結婚了。

(2) 林小姐穿著紅色裙子。

(3) 中村先生戴著眼鏡。

(4) 田中小姐穿著漂亮的毛衣。

3. 寫出適當的動詞，並加以變化

(1) 林さんはお酒を（　　　　）でいます。

(2) 先生は電話を（　　　　）ています。

(3) お母さんは台所で料理を（　　　　）ています。

(4) 酒井さんは手紙を（　　　　）ています。

(5) わたしは部屋を（　　　　）ています。

ア．動詞＋ています。（將動詞由ます形改成て形＋います）

此句型用來表示：

1. 繼續動詞——動作正在進行

   例：林さんはテレビを見ています。林先生正在看電視。

2. 瞬間動詞——表示動作結束，其動作依然存在。

   例：林さんはめがねをかけています。林先生戴著眼鏡。

   （通常不譯成正在戴眼鏡）

3. 狀態性動詞——當此動詞以「ています」的形態出現時，不表示動作正在進行，而是表示狀態。

   例：林さんは台北に住んでいます。林先生住在台北。

甲子園（甲子園）

球場位於兵庫縣西宮市內，是日本青棒（高校野球）的聖地。日本高校野球每年舉行春、夏二次大賽，全國四千多所高中的棒球，經由地區選拔，能打入甲子園的只有四十九隊。因此在高中三年期間，能夠踏上一次甲子園的土地，即使第一場比賽淘汰，不僅是個人、也是學校與地方的光榮。所以，只要能打入甲子園，學校、家長、地方人士必會組成龐大的啦啦隊（応援団）前往甲子園加油打氣。勝負分曉之後，當勝隊在唱校歌歡呼的同時，敗隊球員則蹲在地上，滴著眼淚用袋子帶回一把甲子園的土，為青春留下註腳。

甲子園對某些選手來說是未來職棒（プロ野球）生涯的跳板。如果在甲子園受到球探的注目，將來的棒球生涯將會無限順暢。

日本高中棒球的殿堂－甲子園球場

memo

1 数字（数）

1	一	いち
2	二	に
3	三	さん
4	四	し（よん）
5	五	ご
6	六	ろく
7	七	しち（なな）
8	八	はち
9	九	く（きゅう）
10	十	じゅう
11	十一	じゅういち
12	十二	じゅうに
13	十三	じゅうさん
14	十四	じゅうし（じゅうよん）
15	十五	じゅうご
16	十六	じゅうろく
17	十七	じゅうしち（じゅうなな）
18	十八	じゅうはち
19	十九	じゅうく（じゅうきゅう）
20	二十	にじゅう
21	二十一	にじゅういち
30	三十	さんじゅう
40	四十	よんじゅう
50	五十	ごじゅう
60	六十	ろくじゅう
70	七十	ななじゅう（しちじゅう）
80	八十	はちじゅう

90	九十	きゅうじゅう
100	百	ひゃく
101	百一	ひゃくいち
200	二百	にひゃく
300	三百	さんびゃく
400	四百	よんひゃく
500	五百	ごひゃく
600	六百	ろっぴゃく
700	七百	ななひゃく
800	八百	はっぴゃく
900	九百	きゅうひゃく
1,000	千	せん
2,000	二千	にせん
3,000	三千	さんぜん
4,000	四千	よんせん
5,000	五千	ごせん
6,000	六千	ろくせん
7,000	七千	ななせん
8,000	八千	はっせん
9,000	九千	きゅうせん
10,000	一万	いちまん
100,000	十万	じゅうまん
1,000,000	百万	ひゃくまん
10,000,000	一千万	いっせんまん
100,000,000	一億	いちおく

2 中國人的姓氏（中国人(ちゅうごくじん)によくある名字(みょうじ)）

陳（ちん）	林（りん）	蔡（さい）	呉（ご）	廖（りょう）	曽（そう）	荘（そう）	宋（そう）
曹（そう）	蘇（そ）	周（しゅう）	謝（しゃ）	沈（しん）	李（り）	高（こう）	黄（こう）
洪（こう）	江（こう）	康（こう）	楊（よう）	葉（よう）	張（ちょう）	趙（ちょう）	姚（よう）
邱（きゅう）	潘（はん）	石（せき）	白（はく）	黎（れい）	簡（かん）	馬（ば）	羅（ら）
邵（しょう）	鍾（しょう）	蔣（しょう）	蕭（しょう）	卓（たく）	董（とう）	童（どう）	劉（りゅう）
許（きょ）	郭（かく）	鄭（てい）	丁（てい）	巫（ふ）	孫（そん）	倪（げい）	雷（らい）
頼（らい）	呂（ろ）	盧（ろ）	魯（ろ）	顔（がん）	銭（せん）	胡（こ）	翁（おう）
汪（おう）	王（おう）	欧陽（おうよう）	司馬（しば）	魏（ぎ）	湯（とう）	連（れん）	彭（ほう）
方（ほう）	戴（たい）	游（ゆう）	藍（らん）	詹（せん）	熊（ゆう）	鄒（すう）	齊（さい）

3 日本人的姓氏（日本人(にほんじん)によくある名字(みょうじ)）

佐藤（さとう）	鈴木（すずき）	高橋（たかはし）	田中（たなか）	渡辺（わたなべ）	伊藤（いとう）	小林（こばやし）	中村（なかむら）	山本（やまもと）	加藤（かとう）
山田（やまだ）	池田（いけだ）	山口（やまぐち）	石川（いしかわ）	木村（きむら）	本田（ほんだ）	後藤（ごとう）	井上（いのうえ）	村上（むらかみ）	吉田（よしだ）
工藤（くどう）	手塚（てつか）	斎藤（さいとう）	山中（やまなか）	酒井（さかい）	大林（おおばやし）	長嶋（ながしま）	豊田（とよた）	小渕（おぶち）	安田（やすだ）
野村（のむら）	田村（たむら）	三浦（みうら）	久保田（くぼた）	安達（あだち）	佐々木（ささき）	松本（まつもと）	菊池（きくち）	小松（こまつ）	橋本（はしもと）

4 專攻科系（専攻科目（せんこうかもく））

日文讀音	日文漢字	中文意思
ちゅうぶん	中文	中文
えいご	英語	英文
にほんご	日本語	日文
フランスご	フランス語	法文
ドイツご	ドイツ語	德文
せいじ	政治	政治
ほうりつ	法律	法律
れきし	歴史	歷史
ちり	地理	地理
てつがく	哲学	哲學
すうがく	数学	數學
きょういく	教育	教育
けいえい	経営	經營，企管
けいざい	経済	經濟
かいけい	会計	會計
こくさいぼうえき	国際貿易	國際貿易
きんゆうかんり	金融管理	金融管理
ほけん	保険	保險
じょうほうかんり	情報管理	資訊管理
かんこうじぎょう	観光事業	觀光事業
マスコミ		大衆傳播
しょうぎょうデザイン	商業デザイン	商業設計
しょくひんえいよう	食品栄養	食品營養
いがく	医学	醫學
おんがく	音楽	音樂
げいじゅつ	芸術	藝術
びじゅつ	美術	美術
たいいく	体育	體育
せいかがく	生化学	生化學
かがく	化学	化學
ぶつり	物理	物理
せいぶつ	生物	生物

5 場所（場所）

日文讀音	日文漢字	中文意思
がっこう	学校	學校
きょうしつ	教室	教室
じむしつ	事務室	辦公室
トイレ		洗手間
しょくどう	食堂	餐廳
としょかん	図書館	圖書館
たいいくかん	体育館	體育館
えき	駅	（鐵路）車站
バスてい	バス停	公車站
レストラン		（西）餐廳
スーパー		超級市場
きっさてん	喫茶店	咖啡廳
ゆうびんきょく	郵便局	郵局
ぎんこう	銀行	銀行
ほんや	本屋	書店
デパート		百貨公司
じんじゃ	神社	神社
しやくしょ	市役所	市、區公所
えいがかん	映画館	電影院
はくぶつかん	博物館	博物館
びじゅつかん	美術館	美術館
ゆうえんち	遊園地	遊樂園
ようちえん	幼稚園	幼稚園
ちゅうしゃじょう	駐車場	停車場
しゃこ	車庫	車庫
こうえん	公園	公園
こうばん	交番	崗哨，派出所

6 隔間（家の配置）

日文讀音	日文漢字	中文意思
げんかん	玄関	大門口
おうせつま	応接間	客廳
リビングルーム		客廳
いま	居間	起居室
へや	部屋	房間
だいどころ	台所	廚房
トイレ		廁所
ベランダ		陽台
にわ	庭	庭院
きゃくま	客間	客房
よくしつ	浴室	浴室
しょさい	書斎	書房
しんしつ	寝室	寢室
おしいれ	押入れ	壁櫥

7 家具（家具）

日文讀音	日文漢字	中文意思
ほんだな	本棚	書架
たんす	〈箪笥〉	衣櫃
つくえ	机	桌子
テーブル		餐桌
いす	〈椅子〉	椅子
ソファー		沙發
ベッド		床
ドレッサー		梳妝檯
ざぶとん	座布	座墊
こたつ	〈燵〉	日式暖爐桌

8 家人〈家族〉

日文讀音	日文漢字	中文意思
おじいさん	お祖父さん	祖父
おばあさん	お祖母さん	祖母
おとうさん	お父さん	父親
おかあさん	お母さん	母親
おじさん	伯父さん、叔父さん	伯父、叔父、舅舅、姨丈、姑丈
おばさん	伯母さん、叔母さん	伯母、叔母、舅媽、阿姨、姑姑
おにいさん	お兄さん	哥哥
おねえさん	お姉さん	姊姊
おとうと	弟	弟弟
いもうと	妹	妹妹
いとこ		堂（表）兄弟姊妹

9 交通工具（乗り物）

日文讀音	日文漢字	中文意思
じてんしゃ	自転車	腳踏車
バス		公共汽車
でんしゃ	電車	電車
しんかんせん	新幹線	新幹線
ちかてつ	地下鉄	地下
ひこうき	飛行機	飛機
タクシー		計程車
オートバイ / バイク		摩托車
ふね	船	船
モノレール		單軌電車

⑩ 時間（時間）

日文讀音	日文漢字	中文意思
おととい	一昨日	前天
きのう	昨日	昨天
きょう	今日	今天
あした	明日	明日
せんしゅう	先週	上星期
こんしゅう	今週	這星期
らいしゅう	来週	下星期
さらいしゅう	再来週	下下星期
せんげつ	先月	上個月
こんげつ	今月	這個月
らいげつ	来月	下個月
おととし	一昨年	前年
きょねん	去年	去年
ことし	今年	今年
らいねん	来年	明年
さらいねん	再来年	後年

時刻

點（鐘）		分
いちじ	1	いっぷん
1時；一點（鐘）		1分；一分（鐘）
にじ	2	にふん
2時		2分
さんじ	3	さんぷん
3時		3分
よじ	4	よんぷん
4時		4分
ごじ	5	ごふん
5時		5分
ろくじ	6	ろっぷん
6時		6分
しちじ	7	ななふん、しちふん
7時		7分
はちじ	8	はっぷん、はちふん
8時		8分
くじ	9	きゅうふん
9時		9分
じゅうじ	10	じゅっぷん、じっぷん
10時		10分
じゅういちじ	15	じゅうごふん
11時		15分
じゅうにじ	30	さんじゅっぷん さんじっぷん
12時		30分 はん 半
なんじ		なんぷん
何時		何分

日期

月	
1	いちがつ
	1月；一月
2	にがつ
	2月
3	さんがつ
	3月
4	しがつ
	4月
5	ごがつ
	5月
6	ろくがつ
	6月
7	しちがつ
	7月
8	はちがつ
	8月
9	くがつ
	9月
10	じゅうがつ
	10月
11	じゅういちがつ
	11月
12	じゅうにがつ
	12月
?	なんがつ
	何月

日			
1	ついたち 1日	17	じゅうしちにち 17日
2	ふつか 2日	18	じゅうはちにち 18日
3	みっか 3日	19	じゅうくにち 19日
4	よっか 4日	20	はつか 20日
5	いつか 5日	21	にじゅういちにち 21日
6	むいか 6日	22	にじゅうににち 22日
7	なのか 7日	23	にじゅうさんにち 23日
8	ようか 8日	24	にじゅうよっか 24日
9	ここのか 9日	25	にじゅうごにち 25日
10	とおか 10日	26	にじゅうろくにち 26日
11	じゅういちにち 11日	27	にじゅうしちにち 27日
12	じゅうににち 12日	28	にじゅうはちにち 28日
13	じゅうさんにち 13日	29	にじゅうくにち 29日
14	じゅうよっか 14日	30	さんじゅうにち 30日
15	じゅうごにち 15日	31	さんじゅういちにち 31日
16	じゅうろくにち 16日	?	なんにち 何日

時間長短

	小時	分鐘	天
1	いちじかん	いっぷん（かん）	いちにち
	1時間；一個小時	1分（間）；一分（鐘）	1日；一天
2	にじかん	にふん（かん）	ふつか
	2時間	2分（間）	2日
3	さんじかん	さんぷん（かん）	みっか
	3時間	3分（間）	3日
4	よじかん	よんぷん（かん）	よっか
	4時間	4分（間）	4日
5	ごじかん	ごふん（かん）	いつか
	5時間	5分（間）	5日
6	ろくじかん	ろっぷん（かん）	むいか
	6時間	6分（間）	6日
7	ななじかん、しちじかん	ななふん（かん）、 しちふん（かん）	なのか
	7時間	7分（間）	7日
8	はちじかん	はっぷん（かん）	ようか
	8時間	8分（間）	8日
9	くじかん	きゅうふん（かん）	ここのか
	9時間	9分（間）	9日
10	じゅうじかん	じゅっぷん（かん）、 じっぷん（かん）	とおか
	10時間	10分（間）	10日
?	なんじかん	なんぷん（かん）	なんにち
	何時間	何分（間）	何日

⑪ 日本料理（日本料理）

日文讀音	日文漢字	中文意思
ざるそば	ざるそば	日式蕎麥涼麵
きつねそば	きつねそば	油豆腐麵
たぬきそば	たぬきそば	油渣麵
つきみそば	月見そば	加蛋麵
すうどん	すうどん	陽春烏龍麵
かけうどん	かけうどん	陽春烏龍麵
つきみうどん	月見うどん	加蛋烏龍麵
くしやき	串焼き	串烤
くしかつ	串カツ	串炸
てんぷら	天麩羅	炸蝦、炸青菜
ちらしずし	ちらし寿司	壽司飯
まきずし	巻き寿司	壽司卷
にぎりずし	握り寿司	握壽司
てまき	手巻き	手捲
すきやき	寿喜焼き	壽喜燒火鍋
しゃぶしゃぶ	しゃぶしゃぶ	涮涮鍋
すのもの	酢の物	酸醋小菜
ちゃわんむし	茶碗蒸し	茶碗蒸
どびんむし	土瓶蒸し	土瓶蒸
さしみ	刺し身	生魚片
うなぎていしょく	鰻定食	鰻魚定食
おこのみやき	お好み焼き	日式蚵仔煎
おすいもの	お吸い物	日式清湯
おでん	おでん	黑輪
なべもの	鍋物	火鍋
てんどん	天丼	蝦蓋飯
かつどん	カツ丼	豬排蓋飯
おやこどん	親子丼	雞肉蛋蓋飯
たまごどん	卵丼	雞蛋蓋飯
ごもくめし	五目飯	什錦飯
おちゃづけ	お茶漬け	茶泡飯
おにぎり	お握り	日式飯糰

⑫ 西餐（西洋料理）

（西洋料理：せいようりょうり）

日文讀音	中文意思
オムライス	蛋包飯
ピラフ	義式炒飯
ドリア	奶油焗飯
シチュー	燉肉
カレーライス	咖哩飯
スパゲッティ	義大利麵
グラタン	焗通心粉
ハンバーグ	漢堡肉
ハンバーガー	漢堡
ピザ	披薩
ポテトフライ	薯條
ホットドッグ	熱狗
コロッケ	炸肉丸
スープ	湯
ステーキ	牛排
サンドイッチ	三明治
お子様ランチ	兒童餐

⑬ 商店（お店）

日文讀音	日文漢字	中文意思
くだものや	果物屋	水果店
にくや	肉屋	肉店
やおや	八百屋	蔬菜攤
こめや	米屋	米店
くすりや	薬屋	藥房
さかなや	魚屋	魚攤
はなや	花屋	花店
さかや	酒屋	酒店
ほんや	本屋	書店
しょくどう	食堂	小餐館
レストラン		西餐廳
ラーメンや	ラーメン屋	麵店
パンや	パン屋	麵包店
ケーキや	ケーキ屋	蛋糕店
わがしや	和菓子屋	日式點心店
きっさてん	喫茶店	咖啡廳
シーディーや	CD 屋	唱片行
くつや	靴屋	鞋店
とこや	床屋	理髮店

日文讀音	日文漢字	中文意思
クリーニングや	クリーニング屋	乾洗店
びよういん	美容院	美容院
おもちゃや	玩具屋	玩具店
でんきや	電気屋	電器行
カメラや	カメラ屋	攝影器材店
とけいや	時計屋	鐘錶行
しゃしんや	写真屋	照相館
じてんしゃや	自転車屋	自行車行
めがねや	眼鏡屋	眼鏡行
タバコや	タバコ屋	賣菸攤
ふとんや	布団屋	棉被行
パチンコや	パチンコ屋	柏青哥
ぼうしや	帽子屋	帽子行
ふろや	風呂屋	公共澡堂
せんとう	銭湯	公共澡堂
はきものや	履物屋	鞋店
びょういん	病院	醫院
せとものや	瀬戸物屋	陶瓷器店
ごふくや	呉服屋	和服店
かぐや	家具屋	家具店

14 水果（果物（くだもの））

日文讀音	日文漢字	中文意思
いちご	苺	草莓
りんご	< 林檎 >	蘋果
ぶどう	葡萄	葡萄
さくらんぼ		櫻桃
チェリー		櫻桃
かき	柿	柿子
みかん	蜜柑	橘子
オレンジ		柳橙
なし	梨	梨子
もも	桃	水蜜桃，桃子
バナナ		香蕉
パイナップル		鳳梨
グアバ		芭樂
メロン		哈蜜瓜，香瓜
すいか	< 西瓜 >	西瓜
ライチ		荔枝
ドリアン		榴槤
マンゴスチン		山竹
マンゴ		芒果
レモン		檸檬
グレープフルーツ		葡萄柚
スターフルーツ		楊桃
パパイヤ		木瓜

⑮ 飲料（飲み物）

日文讀音	日文漢字	中文意思
ビール		啤酒
ウィスキー		威士忌酒
おさけ	お酒	酒（或清酒）
ジュース		果汁
コーラ		可樂
ミルク		牛乳
おちゃ	お茶	茶
みず	水	開水
おゆ	お湯	熱開水
コーヒー		咖啡
アイスコーヒー		冰咖啡
ホットコーヒー		熱咖啡
こうちゃ	紅茶	紅茶
ホットティー		熱紅茶
アイスティー		冰紅茶
ミルクティー		奶茶
レモンティー		檸檬茶

⑯ 體育活動（スポーツ）

日文讀音	日文漢字	中文意思
バレーボール		排球
バスケットボール		籃球
ピンポン		乒乓球
テニス		網球
ソフトボール		壘球
バドミントン		羽毛球
ボーリング		保齡球
ラグビー		橄欖球
すもう	相撲	相撲
やきゅう	野球	棒球
すいえい	水泳	游泳
ジョギング		慢跑
ハイキング		健行
サッカー		足球
フットボール		美式足球
ドッジボール		躲避球

17 數量詞（数詞）

	人（～人）	東西	薄的東西（～枚）	長的東西（～本）	機械（～台）
1	ひとり	ひとつ	いちまい	いっぽん	いちだい
2	ふたり	ふたつ	にまい	にほん	にだい
3	さんにん	みっつ	さんまい	さんぼん	さんだい
4	よにん	よっつ	よんまい	よんほん	よんだい
5	ごにん	いつつ	ごまい	ごほん	ごだい
6	ろくにん	むっつ	ろくまい	ろっぽん	ろくだい
7	ななにん	ななつ	ななまい	ななほん	ななだい
8	はちにん	やっつ	はちまい	はっぽん	はちだい
9	きゅうにん	ここのつ	きゅうまい	きゅうほん	きゅうだい
10	じゅうにん	とお	じゅうまい	じゅっぽん	じゅうだい
?	なんにん	いくつ	なんまい	なんぼん	なんだい

18 文具（文房具）

日文讀音	日文漢字	中文意思
ホッチキス		釘書機
じょうぎ	定規	尺
セロテープ		膠帶
さんかくじょうぎ	三角定規	三角板
コンパス		圓規
ペン		鋼筆
まんねんひつ	万年筆	鋼筆
ボールペン		原子筆
えんぴつ	鉛筆	鉛筆
はさみ	<鋏>	剪刀
クリップ		夾子
のり	糊	漿糊
けしゴム	消しゴム	橡皮擦

日文讀音	日文漢字	中文意思
しゅうせいえき	修正液	修正液
ふで	筆	毛筆
ポストイット		立可貼
メモようし	メモ用紙	便條紙
てちょう	手帳	記事本
ペンケース		鉛筆盒

⑲ 服装（服装）

⑳ 國家（国（くに））

国（くに）•地域（ちいき）	言語（げんご）	国民（こくみん）•住民（じゅうみん）	料理（りょうり）
台湾	台湾語	台湾人	台湾料理
中国	中国語	中国人	中華料理
日本	日本語	日本人	日本料理
アメリカ	英語	アメリカ人	アメリカ料理
フランス	フランス語	フランス人	フランス料理
イタリア	イタリア語	イタリア人	イタリア料理
ドイツ	ドイツ語	ドイツ人	ドイツ料理
韓国	韓国語	韓国人	韓国料理

㉑ 日本的行政區域（日本（にほん）の都道府県（とどうふけん）と県庁所在地（けんちょうしょざいち））

	県名（けんめい）	県庁所在地（けんちょうしょざいち）
1	北海道（ほっかいどう）	札幌（さっぽろ）
2	青森（あおもり）	青森（あおもり）
3	岩手（いわて）	盛岡（もりおか）
4	宮城（みやぎ）	仙台（せんだい）
5	秋田（あきた）	秋田（あきた）
6	山形（やまがた）	山形（やまがた）
7	福島（ふくしま）	福島（ふくしま）
8	茨城（いばらき）	水戸（みと）
9	栃木（とちぎ）	宇都宮（うつのみや）
10	群馬（ぐんま）	前橋（まえばし）
11	埼玉（さいたま）	浦和（うらわ）
12	千葉（ちば）	千葉（ちば）
13	東京（とうきょう）（都（と））	東京（とうきょう）
14	神奈川（かながわ）	横浜（よこはま）

	県名（けんめい）	県庁所在地（けんちょうしょざいち）
15	新潟（にいがた）	新潟（にいがた）
16	富山（とやま）	富山（とやま）
17	石川（いしかわ）	金沢（かなざわ）
18	福井（ふくい）	福井（ふくい）
19	山梨（やまなし）	甲府（こうふ）
20	長野（ながの）	長野（ながの）
21	岐阜（ぎふ）	岐阜（ぎふ）
22	静岡（しずおか）	静岡（しずおか）
23	愛知（あいち）	名古屋（なごや）
24	三重（みえ）	津（つ）
25	滋賀（しが）	大津（おおつ）
26	京都（きょうと）（府（ふ））	京都（きょうと）
27	大阪（おおさか）（府（ふ））	大阪（おおさか）
28	兵庫（ひょうご）	神戸（こうべ）
29	奈良（なら）	奈良（なら）
30	和歌山（わかやま）	和歌山（わかやま）
31	鳥取（とっとり）	鳥取（とっとり）
32	島根（しまね）	松江（まつえ）
33	岡山（おかやま）	岡山（おかやま）
34	広島（ひろしま）	広島（ひろしま）
35	山口（やまぐち）	山口（やまぐち）
36	徳島（とくしま）	徳島（とくしま）
37	香川（かがわ）	高松（たかまつ）
38	愛媛（えひめ）	松山（まつやま）
39	高知（こうち）	高知（こうち）
40	福岡（ふくおか）	福岡（ふくおか）
41	佐賀（さが）	佐賀（さが）

	県名（けんめい）	県庁所在地（けんちょうしょざいち）
42	長崎（ながさき）	長崎（ながさき）
43	熊本（くまもと）	熊本（くまもと）
44	大分（おおいた）	大分（おおいた）
45	宮崎（みやざき）	宮崎（みやざき）
46	鹿児島（かごしま）	鹿児島（かごしま）
47	沖縄（おきなわ）	那覇（なは）

22 動詞的變化（動詞の活用）

五段動詞

辞書形	ます形	て形
会う（あう）	あいます	あって
洗う（あらう）	あらいます	あらって
ある	あります	あって
行く（いく）	いきます	いって
歌う（うたう）	うたいます	うたって
送る（おくる）	おくります	おくって
終わる（おわる）	おわります	おわって
買う（かう）	かいます	かって
帰る（かえる）	かえります	かえって
被る（かぶる）	かぶります	かぶって
頑張る（がんばる）	がんばります	がんばって
撮る（とる）	とります	とって
なる	なります	なって
入る（はいる）	はいります	はいって
始まる（はじまる）	はじまります	はじまって
太る（ふとる）	ふとります	ふとって
待つ（まつ）	まちます	まって
歩く（あるく）	あるきます	あるいて
急ぐ（いそぐ）	いそぎます	いそいで
書く（かく）	かきます	かいて
聞く（きく）	ききます	きいて
履く（はく）	はきます	はいて
働く（はたらく）	はたらきます	はたらいて
飲む（のむ）	のみます	のんで
読む（よむ）	よみます	よんで
押す（おす）	おします	おして
貸す（かす）	かします	かして

一段動詞

辞書形	ます形	て形
入れる（いれる）	いれます	いれて
起きる（おきる）	おきます	おきて
教える（おしえる）	おしえます	おしえて
覚える（おぼえる）	おぼえます	おぼえて
掛ける（かける）	かけます	かけて
借りる（かりる）	かります	かりて
締める（しめる）	しめます	しめて
食べる（たべる）	たべます	たべて
できる	できます	できて
見せる（みせる）	みせます	みせて
見る（みる）	みます	みて

特殊動詞

辞書形	ます形	て形
来る（くる）	きます	きて
する	します	して
運動する（うんどうする）	うんどうします	うんどうして
観光する（かんこうする）	かんこうします	かんこうして
結婚する（けっこんする）	けっこんします	けっこんして
コピーする	コピーします	コピーして
サインする	サインします	サインして
ジョギングする	ジョギングします	ジョギングして
ショッピングする	ショッピングします	ショッピングして
掃除する（そうじする）	そうじします	そうじして
注文する（ちゅうもんする）	ちゅうもんします	ちゅうもんして
アルバイトする	アルバイトします	アルバイトして
勉強する（べんきょうする）	べんきょうします	べんきょうして
留学する（りゅうがくする）	りゅうがくします	りゅうがくして
旅行する（りょこうする）	りょこうします	りょこうして

23 常用的い形容詞

日文讀音	日文漢字	中文意思
あつい	暑い／熱い	（天氣，溫度）熱的
さむい	寒い	（天氣）冷的
つめたい	冷たい	（溫度）冷的；涼的
あたたかい	暖かい	溫暖的
すずしい	涼しい	涼爽的
あつい	厚い	厚的
うすい	薄い	薄的；淡的
こい	濃い	濃的
ひろい	広い	寬廣的
せまい	狭い	狹窄的
ながい	長い	長的
みじかい	短かい	短的
はやい	早い	早的
おそい	遅い	晚的；慢的
はやい	速い	快的
まるい	丸い	圓形的
しかくい	四角い	四方形的
あかるい	明るい	明亮的
くらい	暗い	黑暗的
つよい	強い	強壯的
よわい	弱い	脆弱的
たかい	高い	高的；貴的
ひくい	低い	矮的
やすい	安い	便宜的
ふかい	深い	深的
あさい	浅い	淺的
ふとい	太い	粗的
ほそい	細い	細的
あたらしい	新しい	新的
ふるい	古い	舊的
おおきい	大きい	大的
ちいさい	小さい	小的
やさしい	易しい／優しい	簡單的，溫柔的
むずかしい	難しい	困難的
おもしろい	面白い	有趣的
つまらない		無聊的

24 常用的な形容詞

日文讀音	日文漢字	中文意思
ゆうめい	有名	有名
にぎやか	<賑>やか	熱鬧
しずか	静か	安靜
まじめ	<真面目>	認真
げんき	元気	有精神，活潑
べんり	便利	方便
ふべん	不便	不方便
きれい	<綺麗>	漂亮，美麗
しんせつ	親切	熱心，親切
じょうず	上手	擅長，拿手
へた	下手	不擅
すき	好き	喜歡
きらい	嫌い	討厭

memo

單字索引

あ行

あれ		(3)
いい（よい）	<良>い	(6)
いいえ		(2)
いいます	言います	(14)
いかが		(14)
いきました	行きました	(6)
いきます	行きます	(8)
イギリス		(4)
いくつ	<幾>つ	(12)
いくら		(5)
いけだ	池田	(14)
いざかや	居酒屋	(10)
いしい	石井	(9)
いす	<椅子>	(11)
いそぎます	急ぎます	(14)
いたい	痛い	(12)
いちだい	1台	(12)
いちばん		(6)
いちまい	一枚	(12)
いっしょけんめい		(15)
いっしょに		(8)
いつ	<何時>	(8)
いってきます	行ってきます	(11)
いってらっしゃい	行ってらっしゃい	(11)
いっぽん	1本	(12)
いぬ	犬	(11)
いま	今	(9)
います		(11)
いらっしゃいませ		(5)
いれます	入れます	(14)

おにいさん	お兄さん	(11)
おねえさん	お姉さん	(11)
おねがいします	お願いします	(14)
おふろ	お風呂	(14)
おぼえます	覚えます	(15)
おもしろい	面白い	(6)
おわります	終わります	(9)
おんがく	音楽	(7)
おんせん	温泉	(6)
おんなのこ	女の子	(12)

か行

かいぎ	会議	(9)
かいさつぐち	改札口	(4)
かいしゃ	会社	(4)
かいしゃいん	会社員	(2)
かいじょう	会場	(12)
かいます	買います	(10)
かいものします	買い物します	(14)
かえります	帰ります	(8)
かきます	書きます	(10)
かく	郭	(7)
がくせい	学生	(2)
がくせいしょくどう	学生食堂	(10)
かけます	掛けます	(15)
かぞく	家族	(8)
かします	貸します	(14)
かっこう	< 恰好 >	(15)
がっこう	学校	(4)
かのじょ	彼女	(13)

きらい	嫌い	(7)
きれい	<綺麗>	(5)
ぎんこう	銀行	(4)
ぎんこういん	銀行員	(13)
きんようび	金曜日	(8)
ください		(5)
くだもの	果物	(5)
くだものや	果物屋	(5)
くに	国	(4)
クラス		(6)
クラスメート		(8)
くるま	車	(13)
けいえいがく	経営学	(2)
ケーキ		(11)
けいざいがく	経済学	(2)
けいたいでんわ	携帯電話	(13)
けさ	今朝	(9)
けしゴム	消しゴム	(3)
けっこう		(15)
けっこんします	結婚します	(13)
げつようび	月曜日	(8)
けど		(6)
～げん	～元	(5)
げんき	元気	(6)
こ	胡	(13)
ご	呉	(14)
～ご	～語	(3)
こう	黄	(7)
こうえん	公園	(13)
こうちゃ	紅茶	(10)

さ行

さかい	酒井	(15)
さかな	魚	(11)
ざっし	雑誌	(3)
さとう	佐藤	(2)
さとう	砂糖	(15)
さむい	寒い	(5)
サラリーマン		(13)
～さん		(2)
～じ	～時	(9)
ジーンズ		(15)
しけん	試験	(6)
しごと	仕事	(14)
じしょ	辞書	(3)
しずか	静か	(5)
した	下	(11)
じてんしゃ	自転車	(8)
じどうしゃ	自動車	(12)
しにます	死にます	(14)
じむしつ	事務室	(4)
しむら	志村	(13)
しめます	締めます	(15)
しゃ	謝	(15)
じゃ		(5)
しゃしん	写真	(6)
しゃちょう	社長	(13)
シャッター		(14)
じゅうしょ	住所	(15)
ジュース		(12)
しゅうせいえき	修正液	(3)
じゅぎょう	授業	(9)

すみません		(3)
せいもんちょう	西門町	(9)
セーター		(15)
セール		(9)
スポーツ		(7)
せん	千	(5)
せんしゅう	先週	(8)
せんせい	先生	(2)
ぜんぜん		(7)
せんもん	専門	(2)
そう		(2)
そう	荘	(15)
そうじします	掃除します	(15)
そこ		(4)
そちら		(4)
その～		(3)
ソファー		(11)
それ		(3)
それから		(9)
そん	孫	(13)

た行

たいいくかん	体育館	(4)
だいがく	大学	(13)
だいじょうぶ	大丈夫	(12)
だいどころ	台所	(11)
たいなん	台南	(8)
タイペイ	台北	(4)
たいぺいだいがく	台北大学	(2)

ちん	陳	(2)
ツアー		(14)
つかれます	疲れます	(13)
つくえ	机	(11)
つくります	作ります	(15)
つとめます	勤めます	(15)
つまらない		(6)
て	手	(15)
てい	鄭	(8)
ディズニーランド		(14)
てがみ	手紙	(10)
できます		(7)
デザート		(12)
テニス		(7)
デパート		(4)
でも		(7)
テレビ		(10)
てんいん	店員	(5)
てんき	天気	(5)
でんきや	電気屋	(10)
でんしゃ	電車	(5)
でんわ	電話	(15)
でんわばんごう	電話番号	(14)
トイレ		(4)
どう		(6)
どういたしまして		(4)
とうきょう	東京	(4)
どうして		(8)
どうぞ　よろしく		(2)

な行

なんにん	何人	(12)
なんぼん	何本	(12)
なんまい	何枚	(12)
なんようび	何曜日	(8)
にぎやか	<賑>やか	(5)
にく	肉	(10)
にくや	肉屋	(10)
にだい	二台	(12)
にちようび	日曜日	(8)
にっけい	日系	(13)
にほん	日本	(2)
にほん	2本	(12)
にほんりょうり	日本料理	(7)
にまい	2枚	(12)
ニュース		(9)
にわ	庭	(6)
にんき	人気	(14)
ネクタイ		(11)
ねこ	猫	(11)
ねます	寝ます	(9)
ノート		(3)
のみます	飲みます	(10)
のみもの	飲み物	(7)
のります	乗ります	(14)

は行

パーティー		(6)
はい		(2)
バイク		(13)
はいります	入ります	(13)

びょういん	病院	(8)
ひるごはん	昼ご飯	(10)
ひるやすみ	昼休み	(9)
ピンポン		(7)
ファックス		(15)
ファミコン		(13)
ふく	服	(15)
ふたつ	2つ	(12)
ふたり	2人	(12)
ふとります	太ります	(15)
ふゆやすみ	冬休み	(6)
プリン		(12)
プリント		(3)
フランスご	フランス語	(7)
～ふん	～分	(9)
へた	下手	(7)
ベッド		(11)
へや	部屋	(10)
べんきょうします	勉強します	(9)
べんり	便利	(5)
ぼうえきがいしゃ	貿易会社	(13)
ぼうし	帽子	(11)
ボーリング		(7)
ボールペン		(3)
ほか		(14)
ぼく	僕	(15)
ほしい		(13)
ほっかいどう	北海道	(14)
ホテル		(14)
ほら		(15)

ま行

もしもし		(15)
もちます	持ちます	(15)
もの	物	(6)
ももこ	桃子	(11)

や行

やきゅう	野球	(7)
やさい	野菜	(13)
やさしい	優しい	(5)
やさしい	易しい	(6)
やすい	安い	(5)
やすみ	休み	(6)
やすみます	休みます	(9)
やまだ	山田	(7)
ゆうびんきょく	郵便局	(4)
ゆうべ	< 昨夜 >	(6)
ゆうめい	有名	(5)
ゆっくり		(14)
よう	楊	(6)
よう	葉	(13)
ヨーロッパ		(13)
よみます	読みます	(10)
～より		(5)
よる	夜	(9)

ら行

らいしゅう	来週	(8)
ラーメン		(7)
ラジオ		(10)

わ行

memo

memo

memo

memo

國家圖書館出版品預行編目資料

日本語大丈夫 / 蔡愛芬等編著. -- 第八版. -- 新北市：新文京開發, 2019.02
面；　公分

ISBN　978-986-430-474-5（平裝）

1. 日語　2. 會話　3. 語法

803.188　　108000515

日本語大丈夫（第八版）

（書號：**H013e8**）

編 著 者	蔡愛芬　蔡愛玲　蘇克保　高琦智
出 版 者	新文京開發出版股份有限公司
地　　址	新北市中和區中山路二段 362 號 9 樓
電　　話	(02) 2244-8188（代表號）
F　A　X	(02) 2244-8189
郵　　撥	1958730-2
第 五 版	西元 2008 年 07 月 01 日
第 六 版	西元 2014 年 02 月 25 日
第 七 版	西元 2017 年 08 月 15 日
第 八 版	西元 2019 年 02 月 01 日

建議售價：490 元

法律顧問：蕭雄淋律師

ISBN　978-986-430-474-5

NEW
WCDP

New Wun Ching Developmental Publishing Co., Ltd.

New Age · New Choice · The Best Selected Educational Publications — NEW WCDP

NEW WCDP

新文京開發出版股份有限公司

新世紀 · 新視野 · 新文京 — 精選教科書 · 考試用書 · 專業參考書